Alphonse Brot

LA

TERRE PROMISE

II

HIPPOLYTE SOUVERAIN, Éditeur.

LA
TERRE PROMISE

II

PUBLICATIONS PROCHAINES.

MÉMOIRES DE TALMA

ÉCRITS PAR LUI-MÊME

Recueillis et mis en ordre sur les papiers de la famille

Par Alexandre DUMAS

LES QUATRE NAPOLITAINES

PAR FRÉDÉRIC SOULIÉ.

Tomes V et VI et derniers.

TROIS HOMMES FORTS

Par Alexandre DUMAS fils.

LE COMTE DE FOIX

Par Frédéric Soulié.

UN ROMAN NOUVEAU

Traduit de l'anglais par A. DE GOY.

NOBLESSE OBLIGE

Par F. DE BAZANCOURT.

LA VIE A VINGT ANS

PAR ALEXANDRE DUMAS FILS.

HISTOIRE DE LA RÉVOLUTION D'ITALIE

Précédée d'un aperçu sur les derniers événements.

PAR RICCIARDI.

JAGNY. — Imprimerie de VIALAT et Cie.

LA
TERRE PROMISE

PAR

Alphonse Brot

II

PARIS — 1849

HIPPOLYTE SOUVERAIN, ÉDITEUR

RUE DES BEAUX-ARTS, 5

1849

I.

Le Drame invisible.

Le jeune député de l'opposition avait donné rendez-vous au futur ministre à la tribune parlementaire, et le ministre l'y trouva. Les hostilités ne tardèrent point à s'engager, puis vint la lutte. M. de Rieux était le chef occulte

II.

et l'âme du nouveau cabinet, et ce fut sur lui que tombèrent les plus rudes coups d'Amaury. Morin cependant déplorait ces combats sans merci que lui imposait son devoir et qui creusaient entre mademoiselle d'Hauterive et lui un abîme chaque jour plus profond, et le lendemain il les recommençait courageusement. Le duc rarement vainqueur dans ces batailles de la parole, disait quelquefois à Fernande :

— Aujourd'hui, j'ai un duel sérieux, Morin s'est inscrit pour me répondre, et il n'a pas l'habitude de me ménager. Après tout, je ne lui en veux pas, c'est un honnête homme égaré par ses convictions.

Mademoiselle d'Hauterive était en proie depuis quelque temps à une sombre mélancolie dont n'avaient pu triompher ni la tendresse ni la douleur de la duchesse. Le duc frappé un jour de son état de souffrance maladive, voulut appeler le médecin.

— C'est inutile, monsieur, lui dit sa femme à bout de ses forces et ne pouvant plus garder son fatal secret, le mal qui la tue est sans remède.

— Que voulez-vous dire? s'écria le duc : expliquez-vous...

— Sachez donc, monsieur, que Marie aime!

— Et c'est là l'unique cause du changement que j'ai remarqué en elle? dit le ministre dont la poitrine sembla dégagée du lourd fardeau qui l'oppressait.

— Oui, monsieur.

— Mais alors, elle n'est donc point aimée?

— Elle l'est, monsieur.

— Eh bien! il faut la marier, Fernande. Il me sera pénible, j'en conviens, de me séparer d'elle, mais son bonheur doit passer avant le mien, avant le vôtre, et nous nous résignerons tous deux.

— Mais savez-vous, monsieur le duc, si le choix qu'elle a fait...

— Ce choix, madame, ne peut être que digne d'elle et de nous; je connais trop Marie et sa haute raison pour concevoir la plus légère crainte; d'ailleurs vous étiez auprès d'elle, vous, sa mère; cet amour est né et a grandi sous vos yeux, et puisque vous l'avez autorisé, je suis prêt à l'approuver.

La duchesse frissonna et garda le silence.

— Qu'attendez-vous, Fernande? lui dit son mari.

Fernande se cacha le visage dans les mains.

— Qu'avez-vous donc, madame? lui demanda vivement le duc, parlez, je vous écoute.

— Oh! ne m'interrogez pas, murmura-t-elle.

— Le nom de l'homme que Marie aime, madame, son nom, apprenez-moi son nom!

— Eh bien! monsieur...

Elle ne se sentit pas le courage d'achever.

— Finissons-en, reprit brusquement le duc.

— C'est monsieur Morin, dit Fernande d'une voix étouffée.

— Morin! dit le ministre en reculant. C'est Morin qu'elle aime! Morin, un homme de talent, c'est vrai, mais un homme sans naissance! Et vous avez approuvé ce choix? et vous avez espéré peut-être que je consentirais à une pareille union?

— Monsieur, répondit la duchesse avec l'accent de la douleur, il s'agit du bonheur, il s'agit de l'existence de Marie; la pauvre enfant, hélas! n'a que trop souffert jusqu'à ce jour, condamnerez-vous sa vie au désespoir?

— Madame, interrompit le duc sévèrement, avant de blâmer ma conduite, faites-vous le juge de la vôtre! Comment avez-vous rempli les devoirs que vous imposait votre titre de mère?

— Mon titre de mère, monsieur, répliqua

Fernande en relevant fièrement la tête, m'ordonnait de ne pas fermer l'oreille aux sanglots
de ma fille, mes yeux à ses larmes, mon cœur
à la pitié et ma bouche à la consolation.

— Ce titre, madame, vous commandait de
prévenir le mal ou de l'extirper dans sa racine,
vous ne l'avez pas fait, et vous êtes deux fois
coupable, car vous avez failli à votre mandat
de mère, et vous serez la cause du malheur
éternel de votre fille.

— Son malheur éternel! Ainsi, vous serez
inflexible? mais je devais m'y attendre, car
l'orgueil chez vous étouffe tous les autres sentiments; par orgueil, hier, il vous plaisait
de ressusciter un fils oublié depuis trente ans,
et par orgueil aujourd'hui vous voulez tuer
une pauvre jeune fille que vous nommez votre
enfant!

— Madame, interrompit le duc...

— Vous m'entendrez jusqu'à la fin, répliqua énergiquement la duchesse; vous avez cru, n'est-il pas vrai, que parce que la femme, parce que l'épouse était sans volonté devant les ordres de son mari, il en serait ainsi de la mère? Vous vous êtes trompé, monsieur le duc; vous vous attaquez au bonheur de Marie, et vous pensez que je ne vous le disputerai pas? Mais je serais indigne de l'appeler ma fille si j'étais faible et lâche à ce point!

— Monsieur Morin ne peut être et ne sera jamais l'époux de mademoiselle d'Hauterive; reprit froidement le duc.

— Et pourquoi, monsieur? Parce que Marie est noble et que monsieur Morin ne l'est pas! Et qu'est-ce que la noblesse aujourd'hui? où existe-t-elle? Les derniers représentants des anciennes maisons de France sont morts ou portent sans gloire les noms de leurs ancêtres! Appellerez-vous nobles ces comtes, ces marquis, ces ducs, ces princes de fraîche date

dont les pères ont conduit la charrue? Oui,
monsieur, il y a une noblesse, puisqu'il faut
le dire, mais celle-là ne tire point son lustre
de parchemins usés ni de vieux arbres généa-
logiques, elle est l'enfant de ses œuvres, c'est
la noblesse du talent et du génie, c'est la
noblesse qu'a conquise monsieur Morin', et elle
vaut bien la nôtre, monsieur le duc.

— Eh ! madame, c'est précisément parce
que la vieille noblesse s'en va tous les jours
pour faire place à une autre, que ces derniers
représentants dont vous parlez doivent religieusement veiller à son honneur, former
entre eux une sainte alliance, et ne pas mentir
à leur antique origine par de honteuses fusions
de races !

— Il vous sied bien en vérité de tenir ce
langage, monsieur, vous qui, il y a trente
ans, n'avez pas rougi de prendre pour femme...

— Madame, interrompit le duc tout frémissant de colère, si j'ai commis une faute ce n'est point une raison pour que mademoiselle d'Hauterive nous déshonore en épousant un... monsieur Morin? Ce mariage n'aura pas lieu, vous dis-je, je ne le permettrai pas.

— Mais vous oubliez donc, répliqua avec emportement Fernande, que Marie n'est pas votre fille et qu'elle n'a pas besoin de votre permission pour épouser un... monsieur Morin?

— C'est vrai, madame, mais je suis son parent, mais je l'ai recueillie dans ma maison, et si elle ne se soumet point à mes volontés, j'ai le droit, je le pense, de la chasser de chez moi !

Le duc en prononçant ces mots se dirigea vers la porte. La duchesse épouvantée courut à lui.

— Grâce, monsieur, pour mon enfant, lui dit-elle, grâce pour mon enfant !

— Je sais ce que j'ai à faire, répondit

M. de Rieux d'un ton qui n'admettait point de réplique.

Et il sortit.

Quelques secondes plus tard, il entrait dans l'appartement de mademoiselle d'Hauterive, et fermait la porte en dedans pour que la duchesse ne vînt pas troubler son entrevue avec Marie.

II.

Le Chêne et le Roseau.

Mademoiselle d'Hauterive était assise dans son boudoir lorsque le duc de Rieux entra. Aucune émotion ne se lisait sur sa figure noble et grave. Dans ses yeux immobiles, nul rayonnement; nul pli au coin de ses lèvres; nul mouvement fébrile dans son bras qui s'appuyait sur le fauteuil où elle était assise et soutenait son front; son sein ne se soulevait pas, on aurait dit que son cœur ne battait plus.

Le désespoir cependant déchirait l'âme de Marie, mais il y avait en elle un sentiment plus fort que son désespoir, son courage; plus grand que son courage, son respect d'elle-même; plus immense que son respect d'elle-même, son amour pour Amaury. Elle jetait un masque d'impassibilité sur son visage, et tout était dit; il ne parlait plus, il ne pensait plus, il semblait mort.

M. de Rieux à la vue de cette enfant si pâle et si résignée, frissonna. Puis honteux bientôt de ce mouvement de compassion :

— Marie, lui dit-il d'une voix sévère, je viens vous demander compte de l'usage que vous avez fait de ma tendresse?

Mademoiselle d'Hauterive pressentit un malheur et regarda le duc avec effroi.

— Vous étiez seule au monde, continua-t-il,
et je vous ai recueillie dans ma maison; la
mort vous avait enlevé l'affection de votre père,
l'amour de votre mère, et vous avez trouvé
dans mon cœur et dans celui de la duchesse
cet amour et cette affection perdus; comment
avez-vous payé ces bienfaits?

— O mon père, dit Marie d'une voix
étouffée, j'ai manqué de confiance envers
vous, j'ai douté de votre cœur, j'ai eu peur
de vos reproches et je me suis dérobée à vos
regards pour aimer Amaury, oh! oui, j'ai été
bien coupable.

— Dites criminelle, répliqua le duc avec
force; oui, criminelle, car vous me deviez
franchise et reconnaissance, et je n'ai trouvé
en vous qu'ingratitude et trahison.

— Pardonnez-moi, mon père, murmura Marie en joignant les mains.

— Je ne suis plus votre père, mademoiselle, poursuivit M. de Rieux dont la colère grandissait à chacune des paroles qu'il prononçait; à partir de ce jour ne m'appelez plus de ce nom, vous n'êtes plus digne de me le donner.

Mademoiselle d'Hauterive rassembla toutes ses forces pour se jeter aux genoux du duc.

— Qu'exigez-vous? qu'ordonnez-vous? dit-elle au milieu de ses sanglots.

Le duc ne répondit pas.

— Mais vous voulez donc que je meure? reprit-elle d'un accent déchirant.

Le duc garda encore le silence.

— Mon dieu, inspirez-moi, continua-t-elle; enseignez-moi ce qu'il faut que je fasse pour mériter mon pardon, pour recouvrer le cœur de mon père? dites-moi par quelles paroles, par quelles actions je puis lui prouver mon repentir ? O mon Dieu , ayez pitié de moi ! mon Dieu , ne m'abandonnez pas !

M. de Rieux devant une douleur aussi vraie sentit la pitié se glisser dans son âme, et cependant son visage ne trahit aucune émotion.

— Oh ! ne me retirez pas votre tendresse, monsieur , reprit bientôt la pauvre enfant. Si grande que soit ma faute , si grand que soit mon crime , je n'en suis pas moins votre fille ! Vous m'avez aimée , un père en un seul jour ne peut passer de l'amour à l'indifférence , à la haine ; ne soyez pas inexorable ? laissez-vous toucher par mes pleurs ; — les premiers que vous me faites répandre ! — pardonnez-moi , pardonnez-moi et j'emploierai ma vie à expier mon passé ; je combattrai , j'étoufferai un coupable amour , j'oublierai Amaury !

— Relevez-vous , répondit le duc dont la voix attendrie démentait la sévérité de ses regards.

— Dites-moi auparavant que vous pourrez me pardonner un jour, murmura mademoiselle d'Hauterive en demeurant à genoux.

M. de Rieux détourna la tête pour cacher son attendrissement.

— Je le vois bien, poursuivit-elle, j'ai perdu votre affection, vous me méprisez, et ma présence vous est odieuse; Ah! je ne vous importunerai pas long-temps, monsieur, je sortirai de cette maison où j'avais espéré autrefois que s'écoulerait toute ma vie auprès de vous, et j'irai m'enfermer dans un couvent pour que mon nom n'arrive plus jusqu'à vous.

Le duc dans un mouvement de colère avait menacé Fernande de chasser Marie. Quand il entendit cette pauvre enfant éplorée et repentante parler de s'ensevelir dans un cloître, son orgueil vaincu dans sa longue lutte contre son cœur s'humilia, et sa tendresse reprit tous ses droits.

— Mon enfant, dit-il à mademoiselle d'Hauterive en la soulevant dans ses bras, tu me
trouves bien cruel, n'est-ce pas?

— Vous me pardonnez, et je ne me sou-
viens plus de rien, murmura Marie.

— Quelques efforts encore, et tu triomphe-
ras de cet amour dont tu te serais repentie plus
tard.

— Oui, mon père, sanglota Marie.

— Puis un jour tu te réveilleras libre, con-
solée et fière d'avoir courageusement rempli
le devoir que t'imposait ta naissance.

— Je vous obéirai, mon père, sanglota de
nouveau Marie, mais j'en mourrai!

— Non, non, tu vivras, interrompit le
duc, et, épouse heureuse au bras d'un époux
digne de toi, tu me remercieras de ce que je
fais aujourd'hui.

Mademoiselle d'Hauterive ne répondit pas,
et M. de Rieux trembla que l'amour n'eût laissé

au cœur de Marie une blessure invulnérable.

Il l'embrassa tristement, essaya de lui sourire, et rentra dans son appartement.

La jeune fille après le départ du ministre tomba toute brisée sur son fauteuil, tantôt repassant dans sa pensée ce qu'elle avait souffert, tantôt interrogeant l'avenir. Les ténèbres et le silence de la nuit ayant redoublé sa mélancolie, elle se leva et ouvrit la fenêtre. Les arbres du jardin de l'hôtel qui de loin lui apparaissaient, se revêlaient à ses yeux de formes étranges. L'ombre de leurs cimes légèrement balancées qui se projetait sur le sable des allées, avait un aspect sinistre. Le froid de la nuit la frappa au visage; bientôt elle le sentit glisser, courir entre ses vêtements, pénétrer son corps. Elle ferma sa croisée, s'agenouilla devant un prie-dieu, et à mesure que la prière montait de ses lèvres recueillies au ciel, le calme et l'espoir descendaient dans son âme.

III.

Le Paradis perdu.

Une morne langueur avait succédé à la tristesse de mademoiselle d'Hauterive. Partout elle
portait avec elle le trait dont elle était blessée.
Elle sentait la vie lui échapper à chaque instant,
et la mort lui apparaissait comme le terme de

ses souffrances. Par moment l'ineffable amour de sa mère rappelait dans ses yeux une lueur de son bonheur enfui, mais cette lueur s'éteignait bientôt dans son regard glacé. Enfin, son visage comme son cœur avait perdu sa fraîcheur.

Quelquefois, le matin, pâle et les joues creuses, enveloppée d'une longue robe, elle sortait de sa chambre sans bruit, et comme si elle eût craint d'être aperçue, se traînait péniblement dans le jardin, puis, toute grelottante, elle tâchait de se réchauffer aux rayons du soleil, et rentrait ensuite chez elle avec précaution et dans le même silence. Vers le milieu de la journée, elle quittait son appartement, rejoignait Fernande et le duc, et jamais une plainte, jamais un soupir; elle se sentait mourir, mais elle voulait le cacher à ceux qu'elle aimait.

Silencieux témoin des longs désespoirs de

Marie, M. de Rieux prit tout à coup une énergique résolution. Il écrivit à Amaury. Celui-ci fut étrangement surpris du rendez-vous que le nouveau ministre lui assignait; enfin, et après de longues hésitations, il se décida à se présenter à son hôtel.

Le duc était dans son cabinet lorsqu'on annonça le jeune député. Il donna ordre qu'on l'introduisît sur-le-champ, l'accueillit avec sa grâce accoutumée et le complimenta sur ses succès.

— Vous m'avez souvent vaincu, lui dit-il, mais avec des armes loyales, je me plais à le reconnaître; maintenant, monsieur Morin, ajouta-t-il, prenez un siège et arrivons au but de cette entrevue.

Amaury s'assit.

M. de Rieux alors, et dans un discours habilement ménagé, s'efforça de le convaincre qu'il s'était engagé dans une mauvaise voie,

et que son parti tôt ou tard serait écrasé;
puis après lui avoir vivement exprimé le
regret de ne pas le voir rangé du côté du
pouvoir, il lui laissa entrevoir qu'il en était
temps encore, et qu'il lui serait facile de revenir à des principes moins exaltés sans se
compromettre.

— Deux de mes collègues, poursuivit-il,
sont sortis de l'opposition, et n'ont rien perdu
de la considération qui les entourait. Suivez
leur exemple, comme eux vous avez du talent,
vous arriverez comme eux aux emplois, aux
honneurs, à la noblesse même, et alors rien
ne s'opposera plus à ce que vous deveniez le
mari de la femme que vous aimez.

— Quoi? vous connaissez..... interrompit
Amaury.

— Je connais votre amour pour mademoiselle d'Hauterive, lui répondit le ministre; je
vous estime; vous m'avez inspiré de l'affection,

et je consentirai à vous voir entrer dans ma famille si vous consentez à vous laisser guider par mes conseils. C'est le bonheur que je vous offre, ne le repoussez pas.

Le jeune député demeura un moment comme étourdi de cette proposition.

Encouragé par ce premier succès, le duc lui dépeignit alors en termes délicats la tendresse de Marie qui avait triomphé de l'absence, sa douleur d'être séparée de lui et la joie qu'elle aurait de se nommer sa femme; il le pressa, l'attaqua dans sa loyauté, dans son amour, il fut éloquent, il fut entraînant.

Amaury cependant avait eu le temps de se remettre de son émotion.

— Monsieur, répondit-il dignement au duc, j'aime mademoiselle d'Hauterive plus que ma vie; mais je l'aime moins que mon honneur.

Puis il se retira.

Au moment où il sortait du cabinet du ministre, il se trouva face à face avec Marie et la duchesse. La jeune fille, à la vue d'Amaury, poussa un cri et tomba à demi-évanouie dans les bras de Fernande. Morin s'élança vers elle et s'arrêta aussitôt épouvanté des ravages que deux mois d'absence et de désespoir avaient empreints sur ses traits. Le duc de Rieux, au cri déchirant jeté par Marie, était accouru. Il fit entrer dans son cabinet la pauvre enfant que soutenait la duchesse, puis saisissant au bras Amaury, il le poussa également dans son cabinet, dont il ferma la porte.

Mademoiselle d'Hauterive ranimée par les baisers de Fernande rouvrit bientôt les yeux.

Son premier regard tomba sur le jeune député qui était debout à quelques pas, et le premier mot qui sortit de sa bouche fut son nom. Sa voix retentit jusqu'au fond de l'âme d'Amaury; il fit un mouvement pour se précipiter vers elle, puis comprimant aussitôt cet élan involontaire, il demeura immobile à sa place et baissa la tête sans répondre.

Le duc de Rieux avait espéré que la présence inattendue de Marie opérerait une réaction sur l'amour de Morin; quand il le vit inflexible, la colère étouffa chez lui tout sentiment de pitié.

— Marie, dit-il brusquement à mademoiselle d'Hauterive, n'attends plus rien de cet homme, il n'y a dans son cœur que de l'orgueil et pas autre chose !

Marie et la duchesse qui ignoraient l'entrevue du duc et d'Amaury laissèrent échapper un geste de surprise.

Le jeune député continua de garder le silence.

— Pauvre enfant, poursuivit le ministre, je vais détruire ta dernière illusion, remplir ton âme d'un deuil nouveau, mais je connais ton courage, et il sera supérieur au malheur qui te frappe. Apprends donc que touché de ton désespoir, je me suis humilié devant cet homme, je lui ai proposé ta main, et il l'a refusée parce que je lui demandais le sacrifice de quelques principes politiques; juge maintenant de son amour!

Mademoiselle d'Hauterive regarda Amaury, et ne prononça pas un mot.

— Oh! merci de votre générosité, dit Fernande en serrant la main du duc.

Puis se tournant vers Amaury:

— Avant que vous ne vinssiez dans ma maison, monsieur, lui dit-elle d'une voix sévère, ma fille était heureuse; vous avez paru et son bonheur a été brisé. Aujourd'hui elle se meurt, et elle mourra bientôt tuée par vous! Tant que j'ai pensé que le seul obstacle qui s'opposait à sa félicité venait de mon mari, je ne vous ai pas adressé un reproche, j'ai pleuré en secret sur le fatal amour que vous aviez inspiré à cette pauvre enfant, et vous confondant tous deux dans la même pitié, je vous ai plaint comme elle. Mais maintenant que monsieur de Rieux a fait taire son légitime orgueil, maintenant qu'il vous tend la main lui qui est tout-puissant, lui qui est duc et pair, lui qui est ministre; lui qui compte une longue suite de nobles ancêtres, que dois-je penser de votre refus? Vous n'aimez donc pas Marie? Vous ne l'avez donc jamais aimée, et votre dessein en vous faisant aimer d'elle était donc d'abuser déloyalement de son amour?

— Plût au ciel que je ne l'eusse jamais aimée, madame, interrompit vivement le jeune député; ah! si mon cœur pouvait parler, il démentirait le calme apparent de mon visage, il vous raconterait ce que j'ai souffert, tous mes jours de désespoir et toutes mes nuits de combats; oui, madame, car ce n'est pas seu-

lement contre mon amour qu'il m'a fallu lutter,
c'est encore contre mon devoir. Et, tenez, en
ce moment où, après une longue absence, je
retrouve Marie pâle, affaiblie, malade, en ce
moment où je n'ai qu'un mot à prononcer pour
devenir son époux, croyez-vous donc qu'entre
la félicité qui m'est promise en échange de
mon bonheur, — oui, de mon honneur, madame la duchesse! — et le malheur de toute
ma vie, je n'hésite pas? Mais ne comprenez-
vous donc point que vingt fois je me suis retenu pour ne pas tomber à ses genoux, et
acheter mon bonheur par une lâcheté et par
une trahison!

En disant ces mots, il s'avança vers mademoiselle d'Hauterive; la jeune fille lut vaguement dans les regards d'Amaury que son amour
allait l'emporter sur son devoir, et oubliant
tout à coup ses douleurs passées, celles qui

l'attendaient dans l'avenir, elle s'écria avec un accent plein d'une résignation sublime :

— Oubliez-moi ! oubliez-moi !

— Ne l'écoutez pas, reprit la duchesse en s'adressant au jeune député; sauvez mon enfant, sauvez-la, monsieur, c'est une mère qui vous en supplie !

— Il s'agit de votre honneur, poursuivit Marie, et je ne veux pas que vous le sacrifiiez à votre amour; non, je ne le veux pas, et j'aimerais mieux mourir plutôt que d'accepter pour époux un homme déshonoré !

— Est-ce donc le déshonneur que j'exige de lui? dit le duc.

— Oui, mon père, répondit énergiquement mademoiselle d'Hauterive.

— Mais ce n'est qu'une modification d'opinions, reprit le ministre.

— Et s'il refuse, c'est qu'il ne t'aime point, ajouta Fernande.

— Je ne l'aime point? s'écria Amaury ; eh bien ! demandez à monsieur le duc, madame, ce qu'il ferait à ma place?

— Dites-moi d'abord ce que vous auriez fait à la mienne, répliqua fièrement le ministre ; vous auriez repoussé toute transaction, et moi je n'ai pas rougi de vous en proposer une.

Cet argument était sans réplique. Le jeune député vaincu dans la lutte cruelle qu'il livrait à son cœur sentit de nouveau son courage prêt à l'abandonner.

— Qu'un seul mot, Marie, dit-il à mademoiselle d'Hauterive, et pour vous j'oublie ce que mes convictions m'imposent, pour vous je deviens parjure à mon parti. Oh ! mais non, non, reprit-il en entrevoyant tout à coup l'abîme creusé sous ses pieds, ce mot ne le prononcez point, retirez-moi votre

amour, prenez ma vie, mais laissez-moi
l'honneur, mon unique bien maintenant!

Fernande était anéantie.

Le duc de Rieux admirait malgré lui l'hé-
roïque abnégation de Morin.

Amaury attendait avec anxiété la réponse
de Marie.

— Vous voilà redevenu digne de vous et de
moi, lui dit-elle; le ciel nous a éprouvés bien
rudement aujourd'hui, mais nous avons fait
notre devoir tous deux, et le souvenir de ce
triomphe remporté sur notre amour nous suivra
comme une consolation dans notre malheur.
Partez maintenant, Amaury, nous ne devons
plus nous revoir, étouffez dans votre âme une
tendresse que les hommes condamnent, dont,
toute seule, j'ai compris la grandeur, et que
je m'enorgueillis de partager! Partez, poursuivit-elle, partez, et la sainte affection que
vous m'aviez inspirée, doublée en ce jour par

votre sublime sacrifice, ne s'éteindra qu'à mon dernier soupir.

— Adieu, Marie, murmura le jeune député; espoir et rêve de ma vie passée, adieu; adieu mon paradis perdu !

Amaury ayant prononcé ces mots s'enfuit sans même presser une dernière fois la main que lui tendait mademoiselle d'Hauterive, comme s'il eût craint que ce contact dangereux n'affaiblît son courage.

Quelques minutes après son départ, un valet remettait au duc de Rieux une lettre qui portait le timbre de Rio-Janeiro. Il brisa en toute hâte le cachet, et il lut :

« Monsieur le duc, »

« Votre fils existe, j'en ai la certitude. Il « a quitté le Brésil depuis quelques années « pour retourner en France. Où est-il? Je « l'ignore, mais je le saurai bientôt. »

« Jean Dubuis. »

« P. S. L'heure me presse, je ne puis
« vous donner aujourd'hui aucune explication ;
« je vous écrirai plus au long la prochaine
« fois. »

M. de Rieux épuisé par tant de secousses
successives faillit, à la lecture de cette lettre,
perdre la raison.

IV.

Le couvent du Sacré-Cœur.

Les tendres consolations de madame Morin
avaient peu à peu ramené le calme dans le
cœur de son mari. Presque toujours présent à
sa mémoire, le souvenir de son fils n'éveillait
pas en lui de douloureuses pensées. Si par mo-

ment encore un nuage passait sur son front,
Madeleine était là, et, à sa voix, ce nuage se
dissipait comme par enchantement, et l'espérance — ce soleil des âmes brisées — reparais-
sait bientôt sur son visage.

Le bonheur si longtemps exilé de la maison
d'André et de Madeleine sembla enfin vouloir y
rentrer. Les prochaines vacances de la chambre allaient ramener Amaury à Marseille; en
attendant cette époque si lente à arriver, une
lettre de leur fils venait les trouver parfois au
milieu de leur solitude, ou bien de temps à
autre le journal leur apportait un discours
qu'avait prononcé leur fils, et assistant tous
deux par la pensée à ses triomphes, ils cherchaient à se consoler de son absence par le
bruit qui se faisait autour de son nom.

La chambre des députés cependant avait ter-
miné ses travaux, et la joie de revoir bientôt
son enfant semblait donner à André une seconde

jeunesse. Une semaine s'écoula sans qu'Amaury parût. L'inquiétude d'André devint du désespoir, le séjour de Marseille lui pesa, et, un matin il prit la poste malgré les larmes de sa femme. A peine était-il hors de la ville qu'il se croisait avec une diligence qui arrivait.

Un secret pressentiment lui fit jeter les yeux dans le coupé de cette diligence, aussitôt il poussa un cri, mit pied à terre, et tomba sans voix dans les bras d'Amaury qui s'était élancé à bas de voiture.

Lorsque les premiers transports de leur tendresse se furent calmés, ils reprirent joyeusement ensemble le chemin de la ville et regagnèrent la maison de Madeleine qui les accueillit avec de douces larmes.

Le retour du jeune député à Marseille fut une véritable ovation. Jamais André n'avait été si complètement heureux.

Son bonheur ne devait pas durer.

En proie à une mélancolie profonde, Amaury s'efforçait de cacher le chagrin qui le consumait, et ses souffrances redoublaient par la persistance qu'il mettait à vouloir oublier Marie. Que de fois, tout saignant, tout mutilé d'une première lutte, il lui fallut lutter de nouveau, et encore, et toujours! Foulé aux pieds de son devoir, que de fois son intuable amour ne lui cria-t-il pas merci! L'air, le soleil, les ténèbres, le parfum des fleurs, le chant des oiseaux, tout pour lui était plein de mademoiselle d'Hauterive. Souvent à la tombée de la nuit, il se glissait, triste et morne comme un fantôme sous le feuillage sombre, et disparaissait lentement et silencieusement au détour d'une allée, — ou bien s'enfermant dans son appartement, il y demeurait pendant des heures entières, la tête dans ses mains, occupé à se souvenir et à regretter.

Un matin qu'il parcourait au hasard les jour-

naux de Paris, tout distrait de sa lecture par
la pensée incessante de Marie, ses regards
tout à coup s'arrêtèrent immobiles sur l'un
d'eux qu'il tenait à la main. Ce journal, parmi
ses nouvelles diverses, annonçait l'entrée prochaine au couvent de mademoiselle d'Hauterive,
cousine germaine de la duchesse de Rieux.

Amaury se croyant le jouet d'une hallucina-
tion lut de nouveau ce qu'il venait de lire, et
en face de l'évidence, il ne lui fut plus permis
de douter.

A moitié fou de désespoir, il s'élança hors de sa
chambre, courut à l'appartement de Madeleine
et d'André, leur dit brusquement adieu, et
les laissa tout anéantis de son subit départ.

Arrivé à Paris, il se rendit en toute hâte chez
le duc de Rieux, afin de détourner Marie de
son fatal projet. Il ne trouva que la duchesse,
qui lui apprit au milieu de ses sanglots que

son enfant était entrée depuis trois jours au couvent du Sacré-Cœur.

Amaury n'en écouta pas davantage, et s'éloigna écrasé de douleur.

Après avoir marché longtemps sans but, il s'arrêta au haut du faubourg du Roule, près la barrière ; sa tête était en feu, une fièvre ardente le dévorait, il songea à regagner sa demeure. Il n'avait point fait deux cents pas qu'il recula en voyant se dresser à sa gauche le couvent où Marie s'était réfugiée pour tâcher d'étouffer son amour dans l'amour de Dieu.

Rapide comme l'éclair, une pensée traversa son cerveau, il sonna, et demanda sœur Ursule, — c'était le nom qu'avait pris en quittant le monde mademoiselle d'Hauterive. La jeune novice était en prières. En entendant prononcer le nom d'Amaury, elle sentit tout son sang refluer vers son cœur. Elle acheva de prier et descendit au parloir.

La pâleur qui couvrait son visage la rendait plus belle encore qu'aux jours de son bonheur. Une touchante expression de mélancolie animait ses traits gracieux, et dans tous ses mouvements respirait un charme angélique.

Elle s'avança lentement vers la grille qui la séparait d'Amaury.

Le jeune député contempla avec un sentiment d'ineffable pitié le front de Marie qui semblait déjà voilé des ombres du trépas, ses yeux qui avaient répandu tant de pleurs, sa bouche dont les sourires l'avaient tant de fois énivré.

Sœur Ursule n'était plus qu'à deux pas de lui...

— Vous ici? lui dit-elle en attachant sur Amaury ses yeux agrandis par la maigreur de ses joues.

— Oui, moi, Marie, répondit-il : moi qui

viens vous demander pardon de tout le mal que
je vous ai fait, moi qui ai souffert comme vous,
plus que vous peut-être, et qui vous arrache-
rai de ce tombeau, où vivante vous avez voulu
vous ensevelir !

— Sœur Ursule détourna la tête pour ne pas
voir une larme qui coulait sur la joue d'Amaury
pendant qu'il parlait.

— Etait-ce donc là ce que vous m'aviez
promis, poursuivit-il tristement, et ce que vous
me réserviez? Séparés par d'invincibles entra-
ves, une sainte tendresse ne devait-elle pas
unir éternellement l'un à l'autre nos deux cœurs
brisés? Et voilà que vous m'abandonnez tout à
coup au milieu d'un monde qui m'est odieux !
Mais que voulez-vous donc que je devienne si
votre amour se retire de moi?

— Ne prononcez plus ce mot, répondit sœur
Ursule d'une voix grave; en entrant dans ce
saint asile, j'ai couvert mon cœur du linceul

de l'oubli pour le consacrer tout entier à Dieu, et aucune parole profane ne saurait désormais arriver sans crime à mon oreille.

— Mais vous ne m'avez donc pas aimé, ou vous ne m'aimez donc plus ? murmura Amaury.

— La jeune novice porta à la dérobée la main à son cœur pour en comprimer les battements ; puis au même instant, son visage parut s'éclairer des lumineux reflets de la grâce, et elle répondit :

— J'ai promis au Seigneur en posant le pied sur le seuil de cette maison, de vivre étrangère par les regards, par la pensée, par le souvenir à tout ce qui ne serait pas lui, et je tiendrai religieusement ma promesse. Retournez vers ce monde où vos talents vous appellent, l'oubli arrive vite au cœur de celui que la gloire attend ; moi je retourne vers Dieu, mon unique espoir et mon unique amour.

— Votre unique amour ! reprit le jeune député : non, Marie, quoique vous disiez, vous ne m'abuserez pas, ce n'est point une irrésistible vocation qui vous a conduite ici, c'est le désespoir !

Sœur Ursule frissonna.

— Oui, le désespoir, Marie, partout je le vois écrit sur vos traits ; l'amour de Dieu ne se révèle point par de tels ravages, son action est tout intérieure ; les jeûnes et les saintes méditations n'impriment pas sur le visage ce caractère de douleur, ils ne creusent pas ainsi les yeux ; un amour humain peut seul changer et pâlir aussi rapidement, et Dieu dont vous invoquez le nom, ne veut point de ceux, songez-y, qui viennent à lui le cœur rempli d'un terrestre amour !

Dominant enfin son trouble, sœur Ursule répondit :

— Vous vous trompez, monsieur, une pensée unique me préoccupe, celle de Dieu !

— Non, Marie, vous m'aimez encore, poursuivit Amaury avec l'accent de la conviction ;
oui , vous m'aimez ! ah ! je vous connais, vous
n'êtes point de ces femmes vulgaires chez les-
quelles rien ne se grave. Vous êtes entrée dans
ce couvent afin d'y chercher un refuge contre
votre cœur, mais vous ne m'oublierez pas !
Vous appellerez à votre secours la prière, le
repentir, vous lutterez, mais vous ne m'oublierez pas ! mon nom viendra se placer toujours sur vos lèvres à côté de celui du Seigneur,
vous le repousserez avec effroi, vous contrain-
drez peut-être votre bouche à ne plus le prononcer, mais vous ne m'oublierez pas ! Vous
serez , malgré vous-même , parjure à Dieu,
que vous devriez aimer tout seul , et cet involontaire partage de votre cœur entre deux
amours opposés et infinis remplira votre existence d'amertume et de deuil.

— Le combat devient inutile après le triomphe, reprit la jeune novice avec un sourire glacé.

Amaury tressaillit, puis enveloppant mademoiselle d'Hauterive d'un regard qui semblait vouloir fouiller jusqu'au fond de son âme.

— Marie, répliqua-t-il d'une voix pénétrante, jurez devant Dieu que vous ne m'aimez plus, et je vous jure, moi, de ne plus rien tenter pour vous arracher d'ici.

Il se fit un moment de solennel silence.

— Eh bien ! reprit Amaury.

Sœur Ursule regarda le ciel, mit une main sur son cœur, leva lentement l'autre, et entr'ouvrit les lèvres.

— Songez que Dieu vous entend, lui dit Amaury.

La bouche entr'ouverte de Mademoiselle d'Hauterive se referma tout-à-coup, ses regards levés au ciel s'inclinèrent vers la terre, elle laissa tomber sa main droite qui était ap-

puyée sur son cœur, Amaury se saisit de l'autre, et l'attirant hors de la grille, il la couvrit
de baisers.

Sœur Ursule poussa un cri.

— Vous voyez bien que vous m'aimez ! murmura Amaury en lui retenant la main.

La jeune novice, pour toute réponse, fondit
en sanglots.

— Marie, continua-t-il : au nom de votre
bonheur, au nom du désespoir de votre mère,
au nom de mon amour qui sera éternel, et
de votre affection pour moi, sortez de cette
maison avant que des vœux que vous ne pour-
riez plus rompre, ne vous y attachent pour toujours ! ce sacrifice que repousse votre cœur ne
saurait être agréable à Dieu. L'expiation ne
convient qu'au crime, et notre tendresse n'aura
jamais rien de criminel. Séparés l'un de l'autre,
jamais le son de votre voix n'arrivera peut-être
à mon oreille, jamais nos regards ne se ren-

contreront dans un même éclair , mais je saurai que vous respirerez air où je serai ; mais je saurai que votre pensée s'unira parfois à la mienne dans un muet recueillement ; mais je vous sentirai vivre à côté de moi ; mais le bruit du monde m'apportera de temps à autre quelque chose de vous ; mais invisible à tous et à vous-même je pourrai quelquefois vous entrevoir de loin , comme une vision du ciel ; mais je ne serai plus jaloux de votre amour pour Dieu , et ce triste bonheur me soutiendra dans la vie d'épreuves qui m'attend jusqu'au jour suprême où nous nous réunirons pour ne plus nous séparer.

En achevant ces mots il quitta la main de Mademoiselle d'Hauterive.

Sœur Ursule vivement émue , fit un pas vers Amaury; puis rappelée bientôt au sentiment de son devoir par l'imminence même du danger qu'elle courait, elle s'enfuit avant qu'il eut songé à la retenir.

A peine dans sa cellule, elle alla s'agenouiller devant l'image du Christ, et, anéantie, brisée, sanglotante, elle le conjura de lui donner la force nécessaire pour consommer son douloureux sacrifice.

Quand elle se releva, son visage brillait d'une douce sérénité.

Amaury, en ce moment, s'éloignait tout désespéré du couvent du Sacré-Cœur.

V.

Le ministre et le député de l'opposition.

Dans la soirée du même jour, la rue de Gre-
nelle-St-Germain d'ordinaire silencieuse et déserte le soir, semblait sortie de son léthargique
sommeil. Dans toute son étendue stationnaient,
couraient, se croisaient, piaffaient ou hennis-

saient attelés à de splendides équipages, des
chevaux richement harnachés. Une foule de curieux que pouvait contenir à peine un piquet de
gardes municipaux à cheval, s'échelonnait aux
abords du ministère de l'intérieur tout éblouissant de lumières. Dans la cour de l'hôtel régnait une activité dévorante. Tout chamarrés
d'or, des valets se pressaient, s'accostaient, se
quittaient, s'étouffaient. Le large escalier à
rampe de bronze qui conduisait du péristyle aux
salons, présentait un féerique coup-d'œil. Les
fleurs les plus rares y exhalaient comme en plein
été de suaves parfums, et des arbustes au vert
feuillage s'y balançaient agités par de tièdes
brises. On se serait cru transporté tout à coup
dans un riant jardin des mille et une nuits.

Il y avait fête ce soir là chez le ministre de
l'intérieur.

Les plus nobles noms et les plus grandes cé-
lébrités y avaient été conviés.

Généraux, députés, magistrats, pairs de France et maréchaux se coudoyaient dans ses salons. Le duc de Rieux semblait rayonnant. Cependant si l'on eut fouillé au fond de son cœur, on se serait bientôt convaincu que la joie qui éclatait sur son visage cachait un sombre désespoir. Cette grandeur si longtemps poursuivie lui pesait. Il en comprenait le néant maintenant qu'il l'avait conquise. Il avait espéré qu'elle lui donnerait le bonheur, et il n'y trouvait même pas l'oubli. Au milieu de ses travaux, au milieu de ses luttes, au milieu de ses triomphes, se dressait devant lui le souvenir de l'enfant de Madeleine, le fantôme de ce fils en qui il voulait revivre. Puis, quand cette image s'était effacée, celle de Mademoiselle d'Hauterive, — son autre enfant, — lui apparaissait bientôt. Il la voyait dans son couvent condamnée à d'éternelles larmes, et condamnée par lui. Alors il maudissait cette grandeur — source de félicité pour tant d'autres — si fatale entre ses mains à tous ceux qu'il aimait et à lui-même, et dans son désespoir il regrettait parfois de ne pouvoir l'anéantir et s'anéantir avec elle.

Le duc de Rieux était entouré d'un nombreux cortège d'adulateurs, lorsqu'un huissier tout-à-coup annonça à haute voix Monsieur Amaury Morin. Ce nom bien connu résonna comme un coup de tonnerre dans la fête. Les invités se regardèrent avec doute en l'entendant prononcer. Le ministre ne put se défendre lui-même d'un mouvement de surprise. Toutes les conversations s'interrompirent aussitôt, toutes les têtes et tous les yeux se tournèrent vers la porte. Un seul moment avait suffi pour enfanter mille suppositions, et chacun voulait voir de quel air l'un des chefs du parti démocratique se présenterait dans le salon du duc de Rieux.

Le jeune député parut.

Aucun trouble, aucune hésitation ne se lisait

sur son visage. Ses traits respiraient cette sérénité qui est l'indice d'une conscience tranquille.
Il s'avança simplement sans se préoccuper ni
des regards qui étaient fixés sur lui, ni des mots
murmurés tout bas sur son passage ; il s'approcha de M. de Rieux et le salua sans nul embarras.

Le ministre se leva et le remercia avec une
grâce charmante d'être venu à sa soirée.

— La duchesse, monsieur Morin, lui dit-il,
m'avait prévenu de votre retour à Paris, et je
ne regrette plus maintenant de ne point m'être
trouvé ici tantôt puisque mon absence me vaut
le plaisir de vous posséder ce soir à la fête que
je donne.

— Voyez, monsieur le ministre, répondit à
mi-voix Amaury en désignant de l'œil quelques groupes qui s'étaient rapprochés d'eux,
voyez : on me regarde, on m'observe, on m'é-
pie : ma présence chez vous en un pareil mo-

ment ne s'explique point, vous même vous la
trouvez imprudente, et peut-être que demain
les journaux du pouvoir la calomnieront, eh
bien ! monsieur le duc, j'avais songé à tout cela
avant de me présenter ici, et nulle crainte,
nulle considération ne m'a retenu.

Le premier ministre parut réfléchir, puis il
répondit au jeune député :

— Ce que vous avez à me dire est donc bien
grave?

— Il s'agit d'une question de vie ou de mort
pour quelqu'un qui vous est cher, monsieur.

Le duc frissonna, et se penchant à l'oreille
d'Amaury :

— Il y aurait danger pour votre honneur
à nous entretenir tous deux immédiatement,
reprit-il; dans une heure la curiosité éveillée
en ce moment par votre apparition inattendue
sera calmée, quittez ce salon sans être aperçu,

venez me rejoindre dans mon cabinet, je vous y attendrai.

— Dans une heure donc, monsieur, dit Amaury.

Il se perdit bientôt dans la foule.

Sa présence dans les salons du ministre de l'intérieur avait presque fait émeute. Comme Amaury l'avait prévu, elle servait de texte à bien des interprétations, à bien des calomnies. Aveuglés par l'esprit de parti, les uns prétendaient qu'il venait pour traiter ouvertement de la paix avec le duc, d'autres voyaient dans cette visite une insolente bravade faite au pouvoir dans la personne d'un de ses représentants. Tous étaient unanimes pour blâmer ou pour accuser Amaury.

Le duc cependant était retourné auprès de ses amis.

Un député célèbre par son adoration fanati-

que pour tout soleil levant, lui dit mystérieusement :

— C'est au moins une présidence que rève
l'ex-avocat Morin ?

— Le duc lui répondit d'un ton bref et à
voix haute :

— Monsieur Morin n'est point à vendre,
monsieur.

Et il lui tourna le dos.

Cette réponse qui était tout à la fois un public hommage rendu au jeune député de Marseille et une allusion sanglante au député minis-
tériel, mit fin à toutes les conversations par-
ticulières.

Une heure plus tard, le ministre quittait
son salon et se rendait secrètement à son cabinet.

Amaury ne tarda pas à l'y rejoindre.

Le duc ferma la porte afin de n'être pas dérangé dans son entretien , puis il s'assit après avoir offert un fauteuil à monsieur Morin.

Monsieur le duc, lui dit bientôt le jeune député d'une voix profondément triste , avez-vous vu mademoiselle d'Hauterive depuis son entrée au couvent?

Ces paroles qui renfermaient le double caractère d'un reproche et d'une accusation, entrèrent douloureusement dans le cœur du ministre. Son visage cependant ne trahit aucune émotion , et il répondit :

— Pourquoi cette question , monsieur?

— Vous ne l'avez pas vue, et vous l'aimez, reprit Amaury ; vous l'aimez et vous avez permis qu'elle s'ensevelît dans un cloître ; vous l'avez permis et vous vous dites son père, ah! qu'eussiez-vous fait de plus si elle vous eût été indifférente?

Le duc redressa fièrement la tête.

— Monsieur, dit-il au jeune député , vous

ne répondez point à ce que je vous demande?

— Ce que ne vous a pas inspiré votre tendresse, mon amour me l'a dicté, répliqua froidement Amaury ; j'ai vu mademoiselle d'Hauterive.

— Vous! interrompit le ministre en bondissant sur son fauteuil.

— Oui, monsieur.

— Vous avez osé voir mon enfant à mon insu, s'écria le duc? quoi! l'asile où elle a cherché un refuge contre la fatale passion que vous lui avez inspirée, ne vous a point été sacré? Quoi! après lui avoir pris son repos, vous la frappez encore dans son honneur? Ah! monsieur, votre conduite est celle d'un lâche!

— Monsieur le duc... dit Amaury en changeant de couleur.

— Oui, d'un lâche! reprit le ministre qui se leva ; d'un lâche, entendez-vous, monsieur Morin!

L'orage que ces paroles avaient fait gronder dans l'âme du jeune député de Marseille, s'apaisa soudainement devant le sombre désespoir écrit sur la physionomie de M. de Rieux.

— Mademoiselle d'Hauterive s'éteint lentement dans la solitude et dans les larmes, murmura Amaury ; quelques jours encore et il sera trop tard ! ah ! monsieur, continua-t-il d'une voix émue, c'est au nom de votre affection pour elle que je vous implore ; ne souffrez pas qu'elle demeure plus longtemps loin de vous, courez en toute hâte à son secours , puisez dans votre tendresse des accents qui aillent à son cœur, persuadez-la ! convainquez-la ! Et si elle résiste à vos prières, eh bien! n'hésitez pas, ramenez-la de force, oui, de force dans votre maison ; votre amour, celui de madame la duchesse, les distractions que lui offrira le monde , réagiront sur sa douleur et la sauveront. Mais, au nom du ciel, ne la laissez pas languir dans ce cloître , ne l'y

laissez pas une heure de plus, car vous auriez
à vous accuser devant Dieu de sa mort.

— Celui qui tue mon enfant, monsieur, c'est
vous ! répondit sévèrement le duc : vous seul
pouviez la rendre à la vie, au bonheur, et vous
ne l'avez pas voulu.

— Votre conduite a été grande et généreuse,
reprit Amaury, mais elle ne l'a été qu'à demi,
monsieur le ministre. Je comprends qu'un
homme de votre rang se refuse à ce qu'un
homme sorti comme moi du peuple, entre dans
sa famille ; que des dissentiments politiques
soient un insurmontable obstacle à tout rapprochement entre nous, je le comprends encore;
mais si vous m'avez cru digne de devenir l'é-
poux de mademoiselle d'Hauterive, pourquoi
m'imposer des conditions qui me rendraient indigne d'elle, si je les acceptais? Vous avez vos
convictions, j'ai les miennes, et ni vous ni moi
n'en pouvons changer sans déshonneur. Eh bien!

montrez-vous donc grand et généreux sans res-
triction aucune, monsieur le duc! ne laissez
point inachevée l'œuvre de votre affection si
noblement commencée! complétez-la par une
de ces inspirations sublimes qui désarment la
calomnie et la contraignent à l'admiration! Supérieur par votre position à tous ceux qui vous
entourent, devenez-le encore par l'indépen-
dance de votre caractère! Offrez à la France,
offrez au monde l'exemple inouï d'un ministre
tendant paternellement la main aujourd'hui au
fils que demain il combattra à la tribune! amis
et ennemis, soyez en certain, vous applaudi-
ront et mademoiselle d'Hauterive et moi nous
vous devrons le bonheur.

— Monsieur, répondit froidement le duc de
Rieux, vous savez ce que je vous ai dit, Marie
ne sera votre femme qu'à cette condition.

Amaury resta un moment comme anéanti
par la hautaine réponse du ministre. Mais bien-

tôt la colère domina chez lui tout autre passion.

— J'ai appelé à mon aide pour vous fléchir
la prière ; la raison et la justice, monsieur le
duc, lui dit-il, et vous avez été inflexible. Eh
bien! je viens vous demander maintenant de quel
droit vous vous placez entre mon bonheur et
celui de la femme que j'aime et dont je suis aimé?
Qui êtes-vous pour vous établir aussi cruellement
l'arbitre de notre destinée? Il vous plait de condamner sans pitié mademoiselle d'Hauterive
au malheur, mais êtes-vous donc son père pour
faire peser si lourdement sur elle votre immuable volonté? A-t-elle donc besoin de votre assen-
timent pour devenir ma femme ? si elle a courbé
la tête devant vous, c'est que son respect et sa
tendresse lui ont conseillé l'obéissance, à elle
qui pouvait vous désobéir ; vous ne l'avez pas
voulu comprendre, monsieur, et ni ses larmes,
ni son désespoir n'ont pu vaincre votre impi-

toyable résistance. En agissant ainsi, monsieur,
vous avez abusé de vos droits de simple parent
de mademoiselle d'Hauterive, vous les avez
outrepassés, et je trouve qu'il est temps enfin
que je vous le rappelle !

Le duc pâlit, un éclair rapide brilla dans ses
yeux ; puis bientôt l'orgueil du ministre l'em-
portant sur le ressentiment du père, il répondit
au jeune député en lui désignant tranquillement la porte :

— Epousez mademoiselle d'Hauterive si vous
croyez, monsieur, que son amour étouffe en
elle tout sentiment de reconnaissance, épousez-
la, vous êtes libres tous deux, mais souvenez-
vous qu'à dater de ce jour je vous défends de
vous présenter chez moi.

— La vanité vous a calciné le cœur, reprit
Amaury, eh bien ! je vous frapperai dans votre
vanité ! La guerre donc puisque vous la voulez,
une guerre impitoyable comme vous ! votre

titre de ministre vous a seul empêché de consentir à mon mariage avec Marie, eh bien ! je vous renverserai, monsieur le ministre, ou je mourrai dans la bataille !

Le duc, tout frémissant de colère, désigna de nouveau, en silence et d'un geste impérieux la porte au jeune député qui l'ouvrit et s'éloigna.

Quelques minutes plus tard, M. de Rieux qui venait de chasser de sa maison son fils qu'il ne connaissait point, rentrait dans ses salons, le visage et le regard souriants.

VI.

Amaury en allant trouver le duc au milieu de la solennité d'une fête, avait agi sous l'inspiration d'un sentiment de profonde douleur. Il est de ces circonstances dans la vie où les cœurs les plus fermes se sentent défaillir ; la

fatale résolution de mademoiselle d'Hauterive
avait ébranlé le courage du jeune député, sa
compassion et son amour avaient fait le reste.
Jeté par sa position sur le terrain brûlant des
passions politiques, il connaissait trop bien les
hommes pour n'avoir pas songé au but qu'on
prêterait à sa présence dans les salons du ministre de l'intérieur. La loyauté de son caractère
s'était bientôt indignée à la pensée qu'on pût le
croire un instant capable d'une apostasie, et il
avait accompli le soir même, au péril de son
honneur, un projet qu'il lui eût été facile de
mettre à exécution sans danger, le lendemain.

Sa démarche auprès du duc de Rieux était
un de ces hardis coups de dés qu'on risque quelquefois dans une partie aux trois quarts perdue. Une planche de salut venait de s'offrir
tout à coup à Amaury, et il s'y était attaché
avec l'énergie que donne le désespoir.   Il

Cette entrevue qui allait décider de son bon-

heur et de celui de Marie, ne s'était pas présentée
d'ailleurs à son esprit sous une forme agressive,
il voulait seulement par un touchant appel fait
au cœur du père tenter de vaincre l'orgueil du
ministre. Trompé dans ses prévisions, après
être descendu jusqu'à la prière, Amaury devant
l'inflexibilité de monsieur de Rieux n'avait pu
imposer silence à son ressentiment, et il avait
regagné sa demeure bien résolu de tirer une
éclatante réparation de l'homme dont, à son
insu, il était le fils.

Quand les bouillonnements de son sang se
furent apaisés, et que la réflexion réagissant
sur son cerveau lui eût fait entrevoir les résultats de sa violente rupture avec le duc, il se re-
pentit de son emportement et il s'accusa d'ingratitude envers mademoiselle d'Hauterive dont
l'amour plus grand que les ordinaires affections de ce monde, avait cherché un refuge en
Dieu pour se placer hors d'atteinte de toute au-

tre passion humaine. Il eut honte de se voir ainsi rapetissé par elle. Marie dans son adorable tendresse, lui avait noblement fait le sacrifice de sa jeunesse, de son rang, de sa beauté, de sa vie. A dix-neuf ans, elle s'était condamnée au long suicide du cloître; lui, il n'avait pas eu seulement le vulgaire courage d'étouffer sa colère et de chercher à triompher par sa résignation de l'opiniâtreté du duc de Rieux. Il l'avait bravé, il l'avait provoqué, il l'avait insulté. Tout rapprochement entr'eux était maintenant impossible. Il avait volontairement brisé le lien qui pouvait l'unir à celle qu'il aimait; elle était désormais perdue pour lui, perdue par sa faute et perdue sans retour !

Accablé par l'étendue de son malheur, Amaury demeura éveillé une partie de la nuit. Devant lui passait et repassait incessamment le pâle fantôme de mademoiselle d'Hauterive. Il la voyait dans la cellule de son couvent, agenouillée aux pieds du Christ, et cherchant dans la prière une consolation à son désespoir. Puis, le temps de son noviciat finissait, elle faisait elle-même tomber ses cheveux sous le tranchant des ciseaux; elle s'habillait de blanc comme pour une hyménée, se traînait ensuite jusqu'à l'autel et elle se fiançait au Seigneur.

Le lendemain, Amaury dévoré de fièvre, écrasé de douleur, accueillait et repoussait tour à tour mille projets insensés. Parfois, il voulait se rendre chez le ministre, solliciter de lui une entrevue, lui demander pardon de ses paroles de la veille et abjurer ses convictions politiques en échange de la main de Marie. Puis bientôt, s'accusant de faiblesse et de lâcheté, il se reprochait son amour comme un crime, et il prenait la résolution d'en triompher — ou d'en mourir.

Ce duel terrible entre son devoir et son cœur

se termina enfin par une complète victoire remportée sur son cœur par son devoir.

Il était dans son appartement un matin, douloureusement distrait de ses travaux par le souvenir de mademoiselle d'Hauterive, lorsque la porte de sa chambre s'ouvrit tout à coup. Il tourna vivement la tête, regarda, poussa un cri, se leva et se précipita dans les bras de Madeleine qui venait d'entrer suivie d'André Morin.

Après avoir embrassé sa mère, il tendit affectueusement la main à André dont l'abord lui parut contraint, embarrassé, étrange.

Madeleine apprit bientôt à son fils qu'étonnés et inquiets de son subit départ, ils s'étaient décidés à faire le voyage de Paris, après avoir vainement attendu pendant tout un long mois une lettre de lui. Amaury chercha à justifier son brusque éloignement de Marseille par la nouvelle d'évènements importants, et son silence par un surcroît imprévu d'occupations.

La tendresse de madame Morin se contenta de ces raisons spécieuses; André, garda le silence, et son visage demeura impénétrable aux regards interrogateurs de son fils.

— Et vous voilà ici pour longtemps, je l'espère? dit Amaury.

— C'est selon, répondit André.

— Il voulait te voir et repartir ensuite, reprit Madeleine, mais j'en ai décidé autrement; nous attendrons l'ouverture des chambres, afin de t'entendre une fois au moins dans notre vie à la tribune; puis nous te dirons adieu jusqu'à l'année prochaine.

— Bonne mère! dit le jeune député en embrassant de nouveau madame Morin : et maintenant, ajouta-t-il, qu'il est bien convenu que tu restes avec mon père, je vais vous montrer mon petit appartement et la pièce que je vous destine.

— C'est cela, interrompit joyeusement Madeleine.

Un quart d'heure plus tard, elle disait à André en lui faisant admirer le magnifique spectacle qui se déployait devant eux de la chambre qu'Amaury leur avait assignée pour demeure et dont les fenêtres s'ouvraient sur le quai Voltaire, vis-à-vis le Louvre :

— Nous serons ici comme dans le paradis, n'est-ce pas ?

— Oui, répondit d'un ton glacé, son mari.

Onze heures sonnèrent.

— J'ai un rendez-vous et je suis forcé de vous quitter, dit Amaury, mais je resterai peu de temps dehors ; je serai de retour à midi.

— De quel côté vas-tu ? lui demanda indifféremment André.

— Rue de Ponthieu.

— Eh bien ! je sors avec toi, Madeleine profitera de notre absence pour s'installer ici.

Morin embrassa sa femme et suivit son fils dans sa chambre à coucher.

— Quelques secondes, et je suis à toi, dit le jeune homme en s'apprêtant à passer un habit.

— Tu remettras à demain ton rendez-vous, lui répondit brusquement le vieillard ; nous sommes seuls, il faut que je te parle.

— Nous causerons en route.

— Sonne ton domestique, et préviens-le que tu n'y es pour personne.

Un grand étonnement se peignit sur le visage d'Amaury.

André tira un cordon de sonnette. Le domestique entra.

— S'il se présente quelqu'un pour moi loi dit le jeune député, vous répondrez que je suis absent.

— Et si madame Morin vous questionne, vous lui direz que nous venons de partir, ajouta André.

Le domestique se retira.

Il se fit un silence de plusieurs minutes.

— M'apprendras-tu ce que tout cela signifie? dit enfin Amaury à son père.

— Tu vas le savoir.

Il s'approcha contre la table, prit une plume et la passant à son fils :

— Assieds-toi, lui dit-il, et écris ce que je vais te dicter?

Quoi donc?

— Ta démission de membre de la chambre des députés.

Un nuage de feu voila les paupières d'A - maury.

— Ma démission de député! balbutia-t-il.

— Je le veux! reprit impérieusement le vieillard.

— Et pourquoi ?

— Tu me le demandes ! dit Morin d'une voix sévère, — et en se redressant.

— Oui, mon père.

— Je ne suis plus votre père, mais votre juge.

Amaury pâlit, puis brisant sa plume :

— Je n'écrirai rien, répondit-il, avant que tu ne m'aies appris par quelle lâcheté je me suis rendu indigne de siéger à la chambre.

— Je voulais vous éviter cette honte, mais puisqu'il vous plaît d'avoir à rougir devant moi, soyez satisfait.

— Achève, mais achève donc ! s'écria Amaury en proie à la plus douloureuse anxiété ; ne vois-tu pas que depuis que nous sommes ici j'ai comme une épée de Damoclès suspendue sur ma tête, parle ! parle !

— Vous êtes allé, n'est-ce pas, le dix de ce mois à une fête que donnait le ministre de de l'intérieur? lui demanda André, d'une voix sourde.

Un frisson convulsif passa dans les cheveux de son fils.

— Y êtes-vous allé? répéta André.

— Oui, mon père.

— Vous vous êtes promené tête haute dans ses salons pendant une partie de la soirée, n'est-il pas vrai? poursuivit le vieillard de la même voix sourde, puis vous avez eu avec lui une conférence secrète qui a duré plus d'une heure.

Amaury étouffait.

— Oui, répondit-il.

— Qu'alliez-vous faire à cette fête? continua Morin : pourquoi cette entrevue mystérieuse?

Il y avait de l'égarement dans les yeux d'Amaury.

— Je vais vous le dire, moi, poursuivit l'inflexible vieillard.

— Oh! tais-toi! tais-toi! interrompit son

fils, avec explosion ; si les autres m'ont condamné sans m'entendre, sois moins sévère
qu'eux, toi, mon père?

— Était-ce donc pour que vous en arriviez là
que j'avais employé ma vie tout entière à jeter
dans votre cœur des principes d'honneur et de
probité? répliqua André : Quoi! l'enfant dont
je m'énorgueillissais devait me punir de mon
aveugle amour en couvrant de honte mes cheveux blancs? Quoi! rien ne vous a retenu,
ni le respect que j'attendais de vous, ni ma
tendresse, ni soixante ans d'une vie sans
tache? Quoi! vous ne vous êtes pas seulement
souvenu que je vous avais pris pauvre et sans
nom, et que mon travail vous avait enrichi et
que mon affection vous avait donné un nom honorable et honoré? Quoi! la pensée de votre
mère ne vous a pas arrêté la main au moment
de signer un pacte infâme avec cet homme qui
vous achetait, qui vous marchandait peut-être?

Oh! non, vous n'êtes plus mon fils, et je rougis de vous plus encore que je n'en fus jamais fier lorsque vous étiez digne de moi ! Et maintenant, monsieur, c'est assez de honte, je n'en veux pas davantage, je ne veux pas que le parti qui vous a choisi pour son représentant vienne une seconde fois me jeter au visage votre lâche défection, et je vous ordonne d'envoyer sur-le-champ au président de la chambre votre démission de député ; puis, cela fait, nous quitterons Paris, nous quitterons la France et vous retournerez avec nous au Brésil pour y cacher votre déshonneur.

— Mon père, s'écria Amaury, je suis encore digne de toi ; je n'ai pas renié mon parti, je n'ai pas forfait à mon devoir ! Oui, je suis allé chez le ministre dont tu parles, mais je puis avouer hautement le motif qui m'a conduit chez lui, je puis le proclamer sans honte.

— Quel est-il ?

— Ah ! poursuivit le jeune député d'une voix
que fesait trembler la colère, ah ! mes ennemis
ne m'ont pas respecté ! ils m'ont calomnié pour
n'avoir plus à me combattre, eh bien ! je les
frapperai dans l'un de leurs chefs, et quand
Marseille verra le duc de Rieux sous mes pieds,
Marseille me réhabilitera dans mon honneur
aux yeux de toute la France !

Il y avait dans son accent et dans son regard
tant de fermeté, tant d'indignation, tant de conviction, qu'André se sentit un moment ébranlé;
mais s'arrachant bientôt à l'influence qu'il subissait malgré lui :

— Qu'allais-tu faire chez ce ministre? reprit-
il impérieusement.

— Eh bien ! apprends donc.....

Près de sortir de son cœur, son secret expira
sur ses lèvres.

— Achève.

— Apprends donc que la duchesse de Rieux a une nièce et que je l'aime !

Morin, à cette révélation inattendue, recula.

— Ne me condamne pas sans m'écouter, répliqua Amaury, d'un accent suppliant : quand ce fatal amour s'est emparé de mon existence, l'honneur ne me commandait pas d'étouffer l'irrésistible penchant qui m'entraînait vers mademoiselle d'Hauterive ; le duc de Rieux n'était pas encore ministre !

— Malheureux enfant ! murmura André.

— Oh ! oui, bien malheureux en effet, mon père, répondit le jeune homme avec désespoir, tu ne comprendras jamais tout ce que j'ai souffert ! C'était le paradis que j'avais entrevu dans les regards de Marie, lorsque l'élévation soudaine de monsieur de Rieux le referma devant moi ! mes luttes ont été horribles ; va, tu ne sais pas quelles tortures se cachent au fond d'un amour que le devoir condamne, tu ne le sau-

ras jamais! Placer tout son bonheur dans la
tendresse d'une femme, vivre dans l'air qu'elle
respire, lire à chaque instant dans ses yeux,
dans son trouble, dans son silence qu'on est
aimé, et falloir s'arracher du cœur cet amour!
Ah! c'est affreux, mon père.

— Oui, je connais ça, dit sourdement André, je connais ça!

Puis, il reprit aussitôt:

— Qu'importe! ton honneur t'ordonnait de
fuir cette maison, de fuir cette jeune fille!
Entre elle et ton honneur, il n'y avait point
à hésiter. Ne me parle donc plus ni de tes
combats, ni de tes larmes, ni de tes souffrances; la défaite dans les luttes du cœur,
n'est permise qu'aux âmes vulgaires, la grandeur de ton devoir aurait dû t'inspirer un
courage surhumain, le courage t'a manqué,
et nous voilà du même coup déshonorés tous les
deux.

— Mais laisse-moi donc finir, interrompit Amaury ; écoute au moins ma justification.

— Ta justification ! crois-tu donc que ta passion insensée, si grande qu'elle puisse être, efface jamais ta flétrissure ? non, non, la tache reste toujours là où a passé la honte, et l'honneur une fois mort, ne ressuscite plus !

— Et qui te dit que je me sois déshonoré ? on a prétendu que j'avais trahi mon parti, calomnie ! que j'avais fraternisé avec monsieur de Rieux, calomnie ! que je m'étais vendu à lui, calomnie ! calomnie ! calomnie ! !

— Mais qu'allais-tu faire chez lui ?

— Je n'avais qu'un mot à prononcer, et sa main tombait dans la mienne, Marie devenait ma femme ; places, honneurs, titres, tout ce qui éblouit les hommes m'était offert, eh bien ! j'ai fermé dédaigneusement l'oreille aux séductions du duc, mon cœur à l'amour de Marie, et je suis sorti de l'hôtel

du ministre en lui disant que je le renverserais.
Et maintenant, mon père, poursuivit Amaury
en prenant une plume, me trouves-tu encore
indigne de siéger à la chambre, et veux-tu que
j'envoie ma démission de député?

— Dans mes bras! dans mes bras! mon enfant! répondit André à moitié suffoqué par la
joie.

— Et ne crains pas que le courage me fasse
défaut dans mon duel avec monsieur de Rieux,
reprit Amaury dont le regard brillait d'un
éclat inspiré; je lui ai dit que je le renverserais, et tu verras si ton fils lui tient parole!

— Oh! sur mon cœur! sur mon cœur!
murmura André.

VII.

La folle par amour.

Depuis quelques jours il n'était bruit à Paris que de la solennité qui se préparait au théâtre Italien. Une représentation au bénéfice d'une cantatrice célèbre qui partait pour Vienne le lendemain de ses adieux à un public dont elle était l'idole, promettait de réunir toutes les

illustrations du chant. Un début depuis longtemps attendu devait ajouter encore à l'intérêt
déjà si vif de cette fête offerte à l'aristocratie
de la naissance et de la fortune par l'aristocratie du talent. Là prima dona la plus renom-
mée de l'Italie, la reine du théâtre de la Scala,
la diva du théâtre St—Charles, avait voulu
payer ce tribut de sympathie à l'enchanteresse
qui allait prendre congé de notre admiration
et de nos bravos. La débutante était, au dire
de nos dilettanti qui l'avaient entendue à Naples,
à Milan et à Bologne, la cantatrice la plus
merveilleuse qui eut encore chaussé le cothurne.

Quant à sa beauté, les métaphores les plus
hardies, les images les plus hyperboliques leur
paraissaient pour la peindre, faibles et inco-
lores. Raphaël selon eux, eut été seul digne de
reproduire ses traits sur la toile.

Sa vie était tout un roman.

Elevée dans les montagnes de la Calabre,

Lœtitia Monti pendant quinze ans n'avait connu
que les sourds grondements du tonnerre, les
sifflements du vent et le bruit des torrents écumeux. Pendant quinze ans, le cri strident de
l'aigle, le roucoulement de la colombe, le ga-
zouillement des linots et des fauvettes avaient
apporté à son oreille des harmonies toujours
écoutées avec plaisir ; mais comme s'il eut
existé entre le rossignol et elle, un lien d'affi-
nité mystérieuse, — présage et pressentiment
tout à la fois de ses destinées futures, — elle
passait, dans une muette extase, des journées
entières à l'entendre. A peine avait-il cessé de
chanter, qu'elle s'étudiait, dans une lutte souvent heureuse, à reproduire avec sa voix, les
cadences perlées, les chatoyantes mélodies, les
ondoyantes variations de son chant.

A cette incessante communion avec la nature,
les sens de Lœtitia aiguisés par un exercice con-
tinu, avaient acquis cette acutesse dont seuls

sont doués les hôtes des montagnes, et son corps libre de toute entrave, avait pris les plus riches développements. Sa taille était élancée, souple et droite ; chacun de ses mouvements plein d'une grâce charmante et d'une dignité sauvage. La santé fleurissait sur son visage orangé par le soleil et le grand air, et qu'éclairaient deux yeux brûlants et rêveurs. Ses cheveux que les ciseaux n'avaient jamais touchés, se partageaient sur ses épaules en tresses plus noires que l'aile du corbeau, et quand sa mère les dénouait, ils se déroulaient moirés et fins jusqu'à ses pieds qui eussent lutté de vitesse avec le chamois.

Un évènement survint qui changea toute la vie de Lœtitia. Sa mère mourut. Alors il lui fallut dire adieu à ses montagnes et songer à travailler pour vivre. La pauvre jeune fille, hélas ! ne savait que chanter ! Pendant six mois, elle n'eût d'autre lit que le pavé des villes ou

l'herbe des champs, d'autres vêtements et d'autre pain que ceux de la charité publique.

Et combien elle souffrait de tendre chaque
jour la main à la commisération des passants !
Quelles cruelles et profondes blessures faisait à
la fierté native de son âme, cette existence de
bohême à laquelle elle était condamnée ! Aussi,
se trouvait-elle bien heureuse au milieu de son
malheur, quand elle avait recueilli assez d'au-
mônes pour pouvoir pendant une semaine vivre
seule avec ses pensées. Alors, elle allait, la
pauvre enfant, se coucher dans la campagne,
sous un arbre, et elle y demeurait des journées
entières à pleurer et à se souvenir. Les joies
perdues de sa vie passée, ses longues courses
dans les montagnes, et les doux regards, et les
caressants sourires, et les baisers de sa mère
qui l'attendaient au retour, renaissaient comme
par enchantement dans sa mémoire : ce n'é-
taient qu'autant d'éclairs dont les lueurs, vite

éteintes, rendaient plus sombres encore les jours sans soleil de sa vie présente, — mais ils avaient brillé, et, à leur éclat, s'étaient un moment dissipés les nuages de son front et les tristesses de son cœur.

Un soir à Naples, Lœtitia était par hasard restée à regarder la foule qui se pressait en habits de fête à la porte du théâtre St-Charles.

Quand tous ces brillants cavaliers et toutes ces femmes parées comme des madones furent entrés, elle alla, pour se reposer un moment, s'asseoir sous le péristyle du théâtre. Bientôt une délicieuse musique arriva, adoucie par l'é- loignement, à ses sens charmés; elle écouta. Plus accentuée, plus distincte, plus sonore, comme si l'orchestre invisible se fut rapproché d'elle, cette musique continua pendant quelques minutes, puis se tut tout à coup, après avoir, ainsi que le bouquet d'un feu d'artifice, éclaté en mourant avec une intensité de sons plus vibrante encore.

C'était l'ouverture d'un opéra qui venait d'obtenir un immense succès : *La Folle par amour* du maëstro Carpi.

Elle se leva et se dirigea vers la porte du théâtre, qui était demeurée ouverte. De là son oreille et son regard essayèrent de pénétrer dans la salle. La musique recommença, mais si faible qu'elle ne parvenait plus jusqu'à elle que par des mélodies échappées. Soudain retentirent en même temps quarante voix de femmes et d'hommes dont les timbres divers se fondirent dans un harmonieux ensemble ; et elle se colla contre la porte pour mieux entendre.

— Au large ! cria un factionnaire qui la tira brutalement par le bras.

Toute triste, elle alla se rasseoir.

Ah ! que n'eut-elle point donné pour voir et pour entendre toutes ces merveilles que lui ca-

chaient ces murs jaloux, ces portes fermées
dont il n'était pas même permis à sa misère de
toucher le seuil ! De quelle ivresse elle eut
tressailli ! Quelle joie délirante eut inondé son
cœur, si devant elle se fussent abaissées ces bar-
rières que sa pauvreté ne pouvait franchir, si
elle avait pu pénétrer dans ce sanctuaire d'un
Dieu qu'elle adorait à genoux sans le connaître,
dans ce paradis que son imagination exaltée
peuplait d'ineffables et mystérieux enchante-
ments.

Cependant le premier acte fini, trois ou quâ-
tre cents personnes sortirent du théâtre pour
respirer un moment l'air sous les arbres. Un
jeune homme passa près d'elle tenant dans sa
main une contremarque; les yeux de Lœtitia
étincelèrent; elle se baissa, la lui arracha vivement et disparut au milieu de la foule.

Quelques minutes plus tard, elle entrait
toute palpitante au théâtre et montait le pre-

mier escalier qui s'offrait à elle. Arrivée dans
un couloir elle présenta son billet.

—Tout en haut, lui dit l'ouvreuse.

Deux bonds, et elle fut tout en haut.

Elle se glissa vers la place la plus éloignée
de la porte, — la plus obscure.

Et devant la rayonnante splendeur de toutes
ces peintures, de toutes ces dorures, de tous
ces cristaux, de toutes ces lumières, de toutes
ces toilettes, elle eut comme un éblouissement.

Le second acte commença.

Alors elle appuya ses deux coudes sur ses
genoux, et posa ses deux petites mains sur
son gracieux visage; son âme tout entière
était passée dans ses oreilles et dans ses yeux.

Une femme entra en scène; jeune, belle,
parée, de la pâleur de son front, du feu de
son regard, du poétique désordre de ses vêtements et de ses longs cheveux dénoués sur
ses épaules. Un tonnerre d'applaudissements

ébranla la salle. Cette femme chanta, et les ac-
clamations et les applaudissements redoublèrent.

Lœtitia ne respirait plus.

Quand le rideau eut été tiré sur son admiration pour ne plus se relever, et qu'elle se
retrouva dans la rue, toujours poursuivie par
les chants qui l'avaient enivrée, et par les
transports enthousiastes que ces chants avaient
excités, elle marcha, marcha longtemps, car,
autour de ses tempes frémissantes, elle sentait
encore comme un cercle de flammes; car,
serrée par tant d'émotions, sa poitrine avait
besoin pour se dilater de l'air libre et frais de
la nuit. Et elle se disait : Que ne puis-je, moi
aussi tenir, comme cette femme, toutes ces ha-
leines suspendues à mes lèvres! que ne puis-
je, moi aussi, faire battre tous ces cœurs et
toutes ces mains! faire crier et trembler toutes
ces voix!

Brisée par sa longue marche fiévreuse à travers les rues silencieuses et désertes, elle se
coucha vers le milieu de la nuit sous le porti-
que d'un palais et s'endormit. Son sommeil fut
plein de songes étranges, inénarrables. Son âme
était restée sur le théâtre. Devant son délire,
passaient et repassaient sans cesse, rayonnantes
et chantantes, les divines féeries de ce monde
harmonieux dont elle rêvait qu'elle prenait pos-
session en souveraine. Quand elle se réveilla,
elle était encore sous le charme des visions qui
l'avaient bercée. Dans son cœur résonnait encore la douce et mélodieuse musique ; la prima
dona chantait encore au milieu d'un nuage de
fleurs, et Lœtitia répétait tout bas, comme pour
en savourer deux fois l'ineffable harmonie, les
suaves accords qui la charmaient.

Tout à coup son sein se gonfla, ses yeux
s'illuminèrent, ses lèvres frémirent. Elle se
leva les traits rayonnant d'enthousiasme. Et

de son gosier de rossignol s'élancèrent des accords comme l'on n'en entend qu'au ciel.

Un passant s'approcha, puis deux survinrent,
puis dix, puis vingt, puis cent.

Lœtitia chantait toujours.

Un ducat d'or jeté de l'une des fenêtres du
Palais, roula près d'elle. Aussitôt tombèrent
de toutes parts à ses pieds des grani, des paoli.

Lœtitia chantait toujours.

Elle s'arrêta enfin. La dernière note du grand
air de la Folle par amour vibrait encore à l'o-
reille de son auditoire improvisé que de tous
côtés on lui cria de recommencer.

Alors du ciel où ils s'étaient levés ses yeux
redescendirent lentement sur la terre ; elle
aperçut tout cet argent à ses pieds, tout ce
monde autour d'elle, et, surprise, effrayée,
elle s'élança au hasard dans la première rue
qui s'offrit à ses regards.

Quand sa respiration coupée par cette fuite

précipitée, la força de suspendre sa course,
elle se trouvait près du théâtre. Elle s'adossa
alors contre une des colonnes du péristyle pour
reprendre haleine. Une élégante calèche s'arrêta tout auprès. Une femme en descendit.
Lœtitia poussa un cri étouffé et fit un pas vers
elle, mais celle-ci entra et disparut, c'était la
prima dona. Un éclair brilla dans les yeux de
Lœtitia; elle franchit une longue allée, et
monta deux étages.

— Que demandez-vous lui dit un garçon de
service en l'arrêtant.

— Le directeur de ce théâtre.

— Il est occupé.

— J'attendrai.

Elle entra dans une grande pièce, et s'assit
sur une banquette.

Une demi-heure après, la porte d'un salon
se refermait sur elle.

— Que voulez-vous, mon enfant? lui disait le directeur.

— Je veux chanter sur votre théâtre.

— Chanter reprit-il en souriant légèrement.

— Oui, comme la femme que j'ai entendue hier au soir, — celle que l'on a tant applaudie.

— Pour être artiste, mon enfant, il faut avoir appris la musique, payé des maîtres, et ces vêtements.....

— Le rossignol qui n'est pas mieux vêtu que moi, a-t-il appris la musique? a-t-il payé des maîtres? réplique la jeune fille en relevant la tête avec une noble assurance.

Étonné de cette fière réponse, le directeur la regarda, et fut frappé de la beauté de son visage, de l'enthousiasme et du génie qui rayonnait dans ses grands yeux noirs.

—Voyons, mon gentil rossignol, reprit-il, faites-moi entendre votre ramage.

La jeune fille alors chanta le grand air

qu'elle avait chanté un instant auparavant dans la rue.

— Mon enfant, lui dit le directeur quand elle eut fini, je vous donnerai des habits, des maîtres, une chambre dans ma maison, et lorsque vous serez plus grande, vous chanterez sur mon théâtre, et l'on vous applaudira comme la cantatrice que vous avez entendue hier.

Dès le lendemain, Lœtitia fut installée dans une jolie petite chambre. Ses progrès furent si rapides, si miraculeux, qu'après six mois de leçons, le célèbre maestro Carli déclara n'avoir plus rien à lui apprendre.

Enfin arriva le jour de son début.

Il eut lieu dans la *Folle par amour.*

Son succès fut complet.

La signora Lœtitia Monti après avoir rempli toute l'Italie et toute l'Allemagne du bruit de son nom pendant dix ans, avait enfin cédé aux pressantes sollicitations qui l'appelaient de toutes part à Paris, et ce fut à cette solennité, qu'Amaury Morin conduisit André et Madeleine le lendemain de leur arrivée dans la capitale.

La salle de l'Opéra Italien présentait ce soir là le plus éblouissant coup d'œil. Du parterre au cintre s'échelonnaient, gradins vivants, deux mille têtes.

Le rideau se leva.

La première pièce malgré le talent des acteurs fut trouvée longue. La pensée des spectateurs n'était pas sur la scène, elle était dans les coulisses.

Le rideau se leva pour la seconde fois.

Parut une femme.

Il n'y eut qu'un cri dans la salle : qu'elle est belle !

La diva n'était cependant, pour ainsi dire, parée que de sa beauté.

Une croix de diamant brillait à son cou. De

la naissance de ses épaules jusqu'à ses pieds
que pressaient deux ravissantes mules de maro-
quin rouge étoilé d'or, tombait en larges plis,
un peignoir de cachemire blanc, et de chaque
côté de ce vêtement de neige, se déroulaient,
jusqu'à ses pieds aussi, dans un pittoresque
désordre, ses longs cheveux d'ébène.

Mélancoliquement assise dans un fauteuil,
accoudée sur un guéridon, une main pendante,
l'autre soutenant sa tête fatiguée et pâle, la
nouvelle Nina au lever du rideau, demeura un
moment immobile, regardant fixement devant
elle, de ce regard aveugle et morne particulier
au délire. Puis, elle se mit bientôt, sans sortir
de son immobilité de statue à soupirer plutôt
qu'à chanter, d'une voix douce et lente, un
air plaintif, coupé de silences. Tout à coup,
elle se leva, passa sa main sur son front,
poussa un cri, un long soupir épanouit ses
lèvres, deux flammes jaillirent de ses yeux, et

s'élançant au milieu de la scène, les bras ouverts, comme pour serrer sur son cœur un amant
longtemps pleuré, elle commença d'une voix
fraîche, sonore, incisive, un grand air, chant
d'amour et d'ivresse, expression brûlante de la
joie qui gonflait son sein et rayonnait sur son
visage.

Un frisson d'enthousiasme parcourut la salle
entière.

Comédienne aussi puissante qu'incomparable
cantatrice, elle avait imprimé à sa mobile
physionomie un de ces changements d'expression dont les passions violentes seules ont le
secret.

Elle ne chantait plus qu'on l'écoutait encore. L'émotion était à son comble. Trois
salves d'applaudissements retentirent, un riche
bouquet fut jeté d'une loge d'avant-scène, puis
vingt autres tombèrent aux pieds de la diva;
tout un déluge.

Nous renonçons à décrire les transports qu'elle excita, les hommages dont elle fut longuement enivrée chaque fois qu'elle reparut.

Le spectacle cependant venait de finir.

Au moment où André, Madeleine et Amaury sortaient de leur loge, un homme les croisa.

C'était le duc de Rieux.

Amaury tressaillit soudainement.

Madeleine à la vue de cet homme, s'arrêta, fixa sur lui deux yeux agrandis par l'étonnement et par l'épouvante, puis elle se jeta convulsivement en arrière en poussant un cri étouffé.

A l'approche du duc, André, comme Madeleine, s'était arrêté; comme elle, il l'avait regardé au milieu des signes de la plus profonde terreur; il y avait tout à la fois sur son visage de la stupeur et de l'égarement.

L'émotion qui agitait André, sembla comme par un fluide magnétique passer dans l'âme de monsieur de Rieux. Ses regards où se lisaient la plus vive surprise, s'attachèrent sur Morin avec une fixité étrange. Il croyait se souvenir d'avoir déjà vu ses traits sans cependant pouvoir préciser ni l'époque ni le lieu.

André immobile et la bouche entr'ouverte, le regardait toujours.

Madeleine s'était enfuie.

— Q'as-tu donc, mon père? dit Amaury frappé de la pâleur de Morin, de l'émotion du duc, et des regards que tous deux échangeaient.

André ne répondit pas; il saisit de sa main gauche, au bras, son fils qui était à sa droite, tout en continuant d'examiner l'homme qui était devant lui.

Puis, tout à coup, il recula, et s'écria d'une voix étranglée et toujours en couvant des yeux le duc:

— Maxime!

— André! dit monsieur de Rieux qui venait de se rappeler.

—· Viens, viens, poursuivit André en entraînant le jeune député dont l'étonnement
s'était changé en stupeur ; viens! viens!

Madeleine avait disparu.

VIII.

Les deux Pères.

Amaury encore sous le coup de la rencontre du duc de Rieux et d'André Morin, des regards et des paroles qu'ils avaient échangés, de la disparition subite de Madeleine et du départ plein d'effroi de son père, regagna la rue

Neuve du Luxembourg agité de mille impressions diverses. De retour chez lui, sa tête peu
à peu se calma. Après avoir interrogé ses souvenirs, placé l'un à côté de l'autre, pour en
former un tout complet, les étranges évènements de cette soirée, cherché sans pouvoir
le résoudre le sens caché de cette énigme, il
rejoignit son père.

Monsieur Morin était assis, le bras droit accoudé sur son fauteuil, et le front dans sa
main ; il était très-pâle. Madeleine se tenait
debout à quelques pas de lui, les yeux fixes et
mornes.

Amaury s'approcha d'André, lui prit doucement la main gauche qui pendait le long de son
fauteuil, et le vieillard, comme s'il eût été frappé
d'une insensibilité complète, ne fit aucun mouvement.

Son fils le regarda pendant quelques instants

en silence, puis d'une voix où se peignaient son inquiétude et sa tendresse :

— Qu'as-tu, mon père? lui demanda-t-il.

Madeleine réveillée par le son de cette voix bien connue, leva les yeux sans changer de position.

André regarda Amaury et ne répondit pas.

— Qu'as-tu, mon père? lui demanda de nouveau le jeune homme.

André sembla ne pas comprendre.

Madeleine était toujours debout — à la même place.

— Au nom du ciel ! qu'avez-vous tous les deux? s'écria Amaury d'un accent plein d'épouvante.

André, comme s'il venait d'achever un rêve pénible, passa la main sur son front.

Madeleine ne sortit point de son immobilité de statue.

— Tu ne m'entends donc pas, mon père?

dit Amaury en entourant de ses bras le cou du vieillard.

André, cette fois le comprit, et cependant il garda le silence.

En proie à l'agitation la plus violente, le jeune député s'élança vers sa mère.

— Mais apprends-moi donc tout ce que cela signifie? lui dit-il.

Sa mère se cacha le visage dans les mains.

Amaury, à moitié fou de douleur, revint se placer devant André.

— Mais tu ne m'aimes donc plus? mais je ne suis donc plus ton fils? lui demanda-t-il.

— Oh! oui, tu es toujours mon fils, répondit le vieillard en l'étreignant convulsivement sur son cœur : oui, tu es toujours mon enfant ; n'est-il pas vrai, Madeleine? ajouta-t-il en se tournant du côté de sa femme.

Puis, jetant autour de lui un sombre regard :

— Qui donc a prétendu que tu n'étais pas mon fils? reprit-il sourdement.

— Voyons, calme-toi, et dis-moi ce que tu as, interrompit Amaury avec un accent d'ineffable tendresse.

— Ne le sais-tu pas? ne l'as-tu pas deviné?

— Non, mon père.

— Tu ne sais rien? Oh! répète-le-moi encore...

Puis s'adressant de nouveau à madame Morin :

— Madeleine, ai-je bien entendu? lui demanda-t-il.

— Non, mon père, je ne sais rien, dit Amaury sans laisser à sa mère le temps de répondre, et j'attends que tu m'apprennes....

— Moi! dit André en rejetant par un rapide mouvement sa tête pâle en arrière; tu veux que ce soit moi... oh! jamais! jamais!

— Mais que me cachez-vous donc tous les deux? reprit le jeune député.

Le vieillard et sa femme se regardèrent épouvantés.

— Parlerez-vous enfin? s'écria Amaury, parlerez-vous?

André recouvrant tout à coup la raison et le courage, alla droit à son fils.

— M'aimes-tu? lui demanda-t-il énergiquement.

— Si je t'aime!...

— Eh bien! tu n'hésiteras pas?

— Qu'attends-tu de moi?

— Il faut que tu quittes Paris, que tu le quittes sur-le-champ; nous partirons tous les trois, nous nous en irons loin, bien loin, en Amérique, aux Indes, au bout du monde!

— Et pourquoi cela, mon père?

— Tu vois donc bien que tu ne m'aimes pas! murmura douloureusement le vieillard, en se laissant tomber sur un fauteuil.

— Ainsi tu ne veux rien m'apprendre? dit bientôt Amaury, eh bien! je vais trouver le duc de Rieux, il ne refusera sans doute point de m'instruire.

Il fit un pas vers la porte.

— Quel nom viens-tu de prononcer? s'écria André en lui saisissant le bras.

— Mais c'est le nom du ministre de l'intérieur, le nom de l'homme dont la vue t'a causé ce soir tant d'effroi!

— Son nom! dirent en même temps André et Madeleine avec étonnement.

— Sans doute.

— C'est impossible, interrompit Madeleine.

— Je vous dis que c'est son nom, reprit Amaury.

— Mais je me suis donc trompé, Madeleine? dit André à sa femme; mais tu as donc été abusée comme moi?

— L'homme que vous avez rencontré ce soir à l'Opéra, répliqua le jeune député, s'appelle le duc de Rieux.

— O merci, mon Dieu ! merci, murmura le vieillard en joignant les mains.

Les ténèbres qui voilaient la lumière aux regards d'Amaury s'épaississaient à chaque instant devant lui; sa raison ébranlée par toutes ces secousses successives faillit l'abandonner.

Il faudrait pour bien comprendre la joie que produisirent sur André les paroles de son fils, être père comme lui, prendre un moment sa place et devenir acteur dans ce drame de famille tout à la fois simple et terrible. A la veille de perdre son enfant le vieux Morin entrevoyait vaguement l'espoir de le conserver, et dans le délire de son ivresse, il riait, il pleurait, il oubliait.

Grave et silencieuse, Madeleine évoquait ses souvenirs.

— Mon père, dit tout à coup Amaury, finissons-en avec le secret que tu me caches; quel qu'il soit, je veux que tu me l'apprennes! Le duc de Rieux est bien l'homme que tu as cru reconnaître, car en te voyant, il a éprouvé la même surprise que toi à sa vue; il s'est arrêté devant toi, comme toi devant lui; sa figure en te regardant a pâli comme la tienne. Je ne sais pas si le nom que tu as prononcé est son nom, mais celui que ses lèvres ont laissé échapper est le tien; ainsi, toute erreur est impossible, et maintenant, je t'écoute.

Ces paroles tombèrent comme un coup de tonnerre sur la tête du malheureux André.

— Parle! parle! poursuivit Amaury, ou bien...

Il se dirigea de nouveau vers la porte.

— Demeure, lui répondit le vieillard d'une voix résignée.

Le jeune député revint sur ses pas.

— Apprends donc, continua Morin... il ne put achever.

— Après, après...

— Non, non, c'est au-dessus de mes forces, Madeleine te dira tout.

Et les sanglots lui coupèrent la voix.

En ce moment solennel, la tendresse filiale l'emporta dans le cœur d'Amaury sur tout autre sentiment : il ne vit plus, il n'entendit plus que les sanglots et le désespoir de son père; tout devant ses yeux s'effaça : il prit les mains d'André, il les porta à ses lèvres, il les baisa avec transport.

André sanglotait toujours.

— Un jour, encore un jour! dit-il à son enfant.

— Oui, donne-lui jusqu'à demain, dit Ma-
leine ; demain tu sauras tout.

— Reviens à toi, mon père, répondit Amaury :
oui, tu m'apprendras ton secret plus tard, tu
ne me l'apprendras même jamais si tu le veux,
mais ne pleure pas ! ne pleure pas ! tes larmes
me brisent le cœur !

— A demain, dit André à son fils en es-
sayant de sourire.

— A demain, mon père, dit Amaury.

Et il sortit précipitamment.

A peine se fut-il éloigné que Madeleine et
Morin tombèrent sans prononcer un mot dans
les bras l'un de l'autre.

Le duc de Rieux, après la fuite précipitée
d'André, avait regagné son hôtel, vivement
impressionné de l'étrange rencontre qu'il venait
de faire. Il se demandait si ce vieillard dont le
fils était aimé de mademoiselle d'Hauterive,
était bien réellement cet André dont l'amour

jaloux avait autrefois poursuivi Madeleine en
Angleterre, cet André dont il avait abreuvé la
vie de douleur et de désespoir. Tout le confir-
mait dans ses soupçons, l'étonnement de cet
homme devant lui, son nom de Maxime qu'il
avait prononcé, ses traits entrevus une seule
fois et qui étaient demeurés si longtemps gra-
vés dans ses yeux. Le duc cherchait ensuite à
s'expliquer par quelle série bizarre d'évènements le fils de cet homme jadis son rival, avait
failli entrer dans sa famille. Madeleine lui avait
souvent parlé d'un ouvrier du nom d'André qui
l'aimait tendrement, mais il était pauvre, et il
le retrouvait riche; il était garçon, et il le retrouvait père, et père d'un fils dont la naissance, d'après ses calculs, remontait à l'époque
de son apparition imprévue en Angleterre.

Il s'égarait dans un dédale de suppositions
sans pouvoir en sortir.

Ce qui le frappait le plus, c'était la terreur

dont Morin avait paru saisi à sa vue. De la haine, après tout, il l'eût comprise : car il en est de certains ressentiments comme de quelques affections privilégiées, les années qui passent dessus ne les affaiblissent pas, elles les fortifient. Mais pourquoi cette terreur en le reconnaissant? L'offensé, s'il y avait eu offense, c'était Morin. Le duc se perdait en mille conjectures.

Bientôt laissant de côté André, il songeait à ce que pouvait être cette femme dont il n'avait pas distingué les traits, et qui s'était enfuie en l'apercevant. Un moment la pensée lui vint que c'était Madeleine; il la repoussa presque aussitôt en se disant que jamais Madeleine n'aurait consenti à devenir la femme de Morin. Puis, accueillant de nouveau le soupçon qu'il venait de rejeter, il se demandait si Amaury, en admettant l'accomplissement de ce mariage, serait un fils d'André et de Madeleine, ou le pauvre enfant qu'autrefois il avait criminellement abandonné. Tout son sang, à cette dernière supposition, refluait en bouillonnant vers son cœur.

Tout maintenant le frappait dans Amaury : la noblesse de son visage dont les traits rappelaient les siens, le son de sa voix, son indomptable fierté, le nom même qu'il portait, tout enfin jusqu'à l'invincible intérêt qu'il lui avait toujours inspiré.

Son cerveau était en feu, il ne put fermer l'œil de la nuit.

Le lendemain matin, son valet de chambre lui remit une lettre.

Il tressaillit en reconnaissant l'écriture de l'enveloppe.

Il l'ouvrit, et ce fut au milieu des signes de la plus vive émotion, qu'il lut ce qui suit :

« Monsieur le duc,

« Votre fils est retrouvé. Il a quitté Nantes « depuis cinq semaines, et il habite Paris.

« Présentez-vous à la chambre des députés,
« demandez monsieur Morin, c'est votre fils.
« Madeleine Duval s'est remariée il y a vingt-
« huit ans, au Brésil, et son second mari qui
« a adopté votre enfant lui a donné son nom. »

Le duc de Rieux s'élança hors de son appartement, et courut à la chambre de la duchesse.

— Fernande ! Fernande ! lui dit-il, j'ai retrouvé mon fils.

Puis, il ouvrit la porte et descendit rapidement l'escalier, laissant madame de Rieux toute
stupéfaite de ce qu'elle venait d'apprendre.

IX.

Maxime et André.

Un quart d'heure s'était écoulé à peine que le duc de Rieux se présentait chez Amaury. Le domestique lui apprit qu'il était sorti avec sa mère.

— Quand rentrera-t-il? demanda le ministre.

— Je l'ignore, monsieur, mais son père pourra peut-être vous le dire.

— Ah! monsieur Morin est ici?

— Oui, monsieur.

Après s'être un moment consulté, le duc remit sa carte au domestique avec injonction de prévenir monsieur Morin qu'il désirait lui parler.

Le domestique s'éloigna, puis il revint aussitôt et introduisit monsieur de Rieux auprès d'André.

La figure du vieillard était pâle, mais résignée. Il offrit un siége au ministre, et il attendit.

— Monsieur, lui dit le duc, vous êtes bien, n'est-ce pas, cet André que j'ai vu, il y a trente-trois ans, le jour de mon mariage avec mademoiselle Duval?

— Oui, monsieur, répondit Morin.

— Après mon départ de Londres pour retourner en France où m'appelait l'inflexible volonté d'un père, vous avez emmené Made-

leine au Brésil, et vous l'avez épousée, n'est-
il pas vrai?...

— Oui, monsieur.

— Et peu de temps après vous avez adopté
mon fils?

— Pas si haut, dit André en se tournant
vivement du côté de la porte ; pas si haut, il
n'aurait qu'à rentrer et vous entendre!

— Il suffit, je n'en demande pas davantage,
ces paroles me dispensent de toute autre explication, et nous indiquent à tous deux ce qu'il
nous reste à faire.

— Que voulez-vous dire? interrompit André
en chancelant.

— Remettez-vous, monsieur, lui répondit
le duc avec bienveillance, je suis à l'avance
certain que nous nous entendrons; et d'abord
laissez-moi vous exprimer tout ce que j'éprouve
d'admiration et de reconnaissance pour votre
généreuse conduite envers Amaury. Un autre,

à votre place, se fût vengé sur le fils des maux que vous avait causés le père, — vous, vous avez aimé son enfant; il était sans appui, sans protecteur, vous êtes devenu son soutien, son guide, vous l'avez élevé comme s'il eût été votre fils, vous en avez fait un homme honorable, oh! merci, monsieur, merci!

— La conduite que j'ai tenue est toute simple, monsieur le duc, et ne mérite aucun éloge. Je n'avais point d'enfant, votre fils n'avait plus de père, — et il est devenu mon fils. Mon nom était obscur, lui, il n'en avait pas; je lui ai donné celui que je portais, et par son talent il a illustré l'humble nom de Morin.

— Et grâce à vous, interrompit le ministre, il s'est rendu digne de soutenir un jour avec éclat celui que je porte aujourd'hui, oh! merci, merci encore, monsieur!

André tressaillit.

— Celui que vous portez! dit-il en regardant en face le duc, je ne vous comprends pas.

— Vous ne comprenez pas, monsieur, que retrouvant mon fils après en avoir été séparé pendant trente ans, je m'empresse de réparer mes torts involontaires envers lui en le proclamant hautement devant tous l'héritier de mon nom? Mais si je n'agissais point ainsi, je ne serais point son père!

— Aussi, ne l'êtes-vous pas, monsieur! s'écria André ne pouvant plus davantage se contenir.

Ce fut au tour du duc de Rieux de pâlir et de chanceler.

— Je ne suis pas son père, interrompit-il, et qui donc l'est?

— Moi, monsieur, moi seul! répondit énergiquement André.

— Vous!

— Oserez-vous me contester ce droit? ne

l'ai-je pas légitimement acquis par trente années de soins et d'amour? poursuivit André.
Et d'ailleurs, ajouta-t-il, comment prouverez-
vous que mon enfant est votre fils?... Son acte
de naissance n'existe plus, votre contrat de
mariage avec mademoiselle Duval que les lois
françaises ne reconnaissent point, n'existe pas
davantage; madame Morin les a anéantis tous
deux comme elle eût voulu pouvoir anéantir
tout un passé de larmes et de regrets, monsieur! A qui en appellerez-vous pour convaincre un tribunal qu'Amaury est votre enfant?

— A qui j'en appellerai? A vous, monsieur;
à votre loyauté, à votre honneur, et je n'invoquerai pas ce témoignage en vain.

— Et moi alors, je dirai que vous avez
abandonné votre fils à l'âge de deux ans après
avoir abandonné lâchement, oui lâchement,
sa mère, monsieur le duc! Je raconterai comment je suis venu arracher Madeleine au dé-

sespoir, comment je l'ai empêchée de se tuer, de tuer son enfant; j'apprendrai comment j'ai partagé mon pain avec elle, comment peu à peu j'ai fait rentrer le calme en son âme par l'espérance d'un avenir meilleur; comment je l'ai décidée à me suivre au Brésil pour cacher la honte dont vous l'aviez couverte : comment là, pendant trois ans, j'ai été son frère, — rien que son frère, — monsieur ! comment après la nouvelle de votre mariage en France, elle est devenue ma femme afin que son fils eût un nom; comment j'ai publiquement adopté ce fils dont vous ne vous souveniez plus; comment j'ai veillé sur son enfance, sur sa jeunesse; par quels travaux j'ai fait de lui ce qu'il est aujourd'hui, — et si après m'avoir entendu, il existe des hommes qui osent vous donner le droit de me dépouiller de ce fils qui est bien à moi, vous le prendrez, monsieur le duc, et vous pourrez devant Dieu, ce juge suprême, lorsqu'un jour vous comparaîtrez à ses regards, vous accuser d'avoir deux fois condamné ma vie au malheur!...

André, en achevant ces paroles, se leva.

—Monsieur Morin, lui dit le duc d'une voix sourde, vous me rendrez mon fils!

— Monsieur Maxime Brémont, répondit André, vous pouvez me le réclamer devant un tribunal, — c'est là que je vous attends.

—Mais réfléchissez un peu, Morin, reprit monsieur de Rieux en se radoucissant; si vous aimez Amaury autant que vous le dites, — et je le crois, — qu'a donc de si pénible le sacrifice que je sollicite de vous?

— Vous venez pour me prendre mon enfant, et vous me demandez ce qu'a de pénible le sacrifice que vous voulez exiger de moi? Ah! l'on voit bien que vous n'êtes pas son père, monsieur!

— Mais en sera-t-il moins votre fils parce qu'il deviendra le mien?

—Est-ce qu'un père, monsieur, peut admettre un semblable partage? moi, accepter ce partage, allons donc!

— Amaury en redevenant, ce qu'il est après tout, mon fils, hérite de ma fortune....

— Ne suis-je pas riche, ou plutôt ne l'est-il point? ne lui ai-je pas fait l'abandon de mes richesses? qu'a-t-il besoin des vôtres?

— Mon nom, mes titres, je lui donne tout...

— Et que lui importe d'être duc un jour, ne possède-t-il pas une noblesse qui vaut bien celle que vous lui offrez? celle-là ne se transmet pas, elle s'acquiert, et il l'a acquise par son travail et par son talent. Vous avez reçu de vos aïeux des titres de noblesse, lui, il a gagné les siens sur le terrain où il combat chaque jour; votre famille compte une longue suite d'ancêtres, lui, il deviendra plus tard un ancêtre pour la sienne; vous voyez donc bien, monsieur le duc, qu'il ne pourrait que perdre à l'échange que vous lui proposez?

— C'est assez, monsieur, dit le duc avec force, je veux mon fils, et vous me le renrendrez!

— Arrêtez, s'écria André en rejoignant le duc qui se disposait à sortir; arrêtez, monsieur, et réfléchissez à ce que vous exigez de moi!

— Je n'ai plus le temps de vous entendre, s'écria impérieusement monsieur de Rieux en ouvrant la porte.

— Qu'allez-vous faire, monsieur? poursuivit Morin : au nom du ciel, demeurez! Eh bien! oui, j'ai eu tort tout à l'heure, je vous ai offensé. je vous ai insulté, mais je l'aime tant!.. vos droits, je le confesse, sont légitimes, et Amaury est bien votre fils; mais n'est-il pas le mien aussi? Songez à tout ce que j'ai fait pour lui , à l'amour dont je l'ai entouré depuis trente ans , et ensuite dites-moi si vous croyez possible que je puisse me séparer tout à coup de lui parce que vous venez me le reprendre? Attendez que je m'habitue à l'idée de cette séparation cruelle , que je m'accoutume peu à peu à ne plus voir en lui que votre enfant ; laissez-moi me préparer à cet affreux sacrifice, et alors... alors vous lui révélerez le secret de sa naissance , et je cesserai d'être son père.

André , en parlant ainsi, s'était jeté aux pieds du duc, et les sanglots coupaient sa voix, et son visage pâli par la douleur ruisselait de larmes. Monsieur de Rieux sentit la compassion se glisser dans son âme à la vue de ce vieillard courbé devant lui par le désespoir, et dont les mains jointes lui demandaient grâce.

Il détourna la tête, et s'armant d'une inflexibilité que condamnait son cœur :

— Je veux que vous me rendiez mon fils, lui dit-il froidement.

La porte s'ouvrit, et Amaury parut.

André se releva vivement.

Le ministre recula.

Puis, se remettant bientôt de la surprise où l'avait jeté l'apparition inattendue de son fils :

— Amaury, lui dit-il...

— Que me voulez-vous, monsieur? répondit le jeune député.

— Apprends donc, poursuivit monsieur de Rieux en s'avançant vers lui...

— Ne l'écoute pas, interrompit André en se jetant entre son enfant et le duc, ne l'écoute pas!

— J'ai tout entendu, j'étais là, derrière cette porte, dit Amaury.

Et il promena sur les deux vieillards un regard dont l'expression serait intraduisible.

— Tu étais là ! dit monsieur de Rieux tout haletant de joie.

— Il a tout entendu ! murmura Morin avec désespoir.

— Oui, j'ai tout entendu, répéta Amaury d'une voix étrange.

— Eh bien ! qu'attends-tu alors ? dit le duc, je t'ouvre mes bras ; oh ! sur mon cœur, sur mon cœur, mon enfant !

Amaury demeura immobile, et ses yeux se reportèrent du duc sur André qui tenait sa tête cachée dans ses mains.

— Hésiterais-tu ?..... continua le ministre : oh ! mais non, non, tu n'hésiteras pas quand tu sauras ce qu'a fait ma tendresse pour toi ? Depuis dix ans, tu as été ma pensée de chaque jour, mon Amaury ; pour toi j'ai quitté mon pays, ma femme, le repos qui m'entourait ; je t'ai cherché par toute l'Angleterre, par toute l'Irlande ; je t'ai demandé à

l'Italie, à l'Allemagne, à l'Espagne ; pour te
retrouver j'eusse été jusqu'aux extrémités de la
terre! voilà pour le passé. Et maintenant voici
pour l'avenir : à partir d'aujourd'hui tu porte-
ras mon nom ; mes biens, je te les léguerai
tous ; mes titres, tu en hériteras après moi, et
dans huit jours mademoiselle d'Hauterive sera
ta femme !

Amaury se tourna silencieusement vers André.

— Si j'avais un monde, je te l'offrirais,
lui dit le vieillard ; hélas ! je n'ai plus rien à
te donner, pas même ma tendresse, puisque
tu l'as eue dès le jour où je t'ai connu.

— Balancerais-tu entre nous deux ? interrompit le duc.

— Non, répondit gravement Amaury.

Il se fit un silence de plusieurs secondes.

Puis Amaury poursuivit ainsi :

— Lorsque je suis entré dans cette chambre,
un homme se tenait agenouillé devant un autre,

et si j'avais dû m'attendre à trouver l'un de vous aux pieds de l'autre, ce n'était pas lui, monsieur le duc, dit Amaury en désignant André du geste, non, ce n'était pas lui, entendez-vous bien !

— Que dis-tu ? s'écria le ministre qui sentit une sueur glacée lui courir par tout le corps.

— Vous vous prétendez mon père, continua Amaury ; en effet, vous m'avez donné la vie, mais c'est tout. Lui, et il désigna de nouveau André, je lui étais étranger par les liens du sang, il m'a réchauffé sur son sein, moi pauvre enfant abandonné ; il m'a fait une place dans sa maison et dans sa tendresse ; il m'a vêtu lorsque j'étais nu ; il m'a nourri de son pain lorsque j'avais faim ; il m'a veillé lorsque j'étais malade ; je n'avais pas de famille, pas de nom, et il m'a donné un nom et une famille : il m'a dirigé, à travers tous les écueils de ce monde, et vous venez après tout cela lui contester son titre de père? Il vous a plu un jour d'oublier que j'étais votre fils, et parce qu'il vous convient aujourd'hui de vous le rappeler, vous croyez qu'ébloui par votre rang et par vos titres, j'irai, devenant tout à coup ingrat et lâche, le renier, lui, pour mon père? non, monsieur le duc; si vous avez vos droits, j'ai les miens; vous pouvez me revendiquer pour votre enfant, mais André sera toujours mon père !·

Le duc parut écrasé sous ces paroles d'Amaury, comme sous une condamnation à mort. Il courba le front silencieusement, et il sortit de la chambre sans prononcer un mot.

C'était le commencement du terrible châtiment qu'il devait subir.

X.

La duchesse de Rieux, après le départ du ministre, était demeurée pendant quelques minutes atterrée, anéantie. Les paroles de son mari retentissaient incessamment à son oreille et dans son cœur. En vain elle cherchait à se persuader qu'elle avait été le jouet d'un rêve, toujours ces terribles mots : Fernande, j'ai retrouvé mon fils! venaient la replacer sous le coup de l'affreuse réalité. A son désespoir succéda un morne abattement. Enfin les sanglots qui la suffoquaient, éclatèrent. Sa douleur allégée par les larmes se calma peu à peu, et elle se sentit le courage d'interroger froidement sa position.

Le passé se dégagea des voiles qui l'enveloppaient, et elle se souvint de la solennelle promesse qu'elle avait faite autrefois au duc de Rieux. Puis bientôt elle songea que son mari, fort de la parole qu'elle lui avait donnée dans un de ces moments où la compassion impose silence au devoir, voudrait sans doute reconnaître publiquement pour son fils cet enfant qu'il venait de retrouver, et cette pensée lui rendit toute son énergie.

Elle sonna.

Un domestique parut.

— Monsieur le duc est-il rentré? lui dit-elle.

— Non, madame la duchesse.

— Dès qu'il sera de retour vous me préviendrez.

Le domestique s'éloigna.

Une demi-heure plus tard, monsieur de Rieux s'enfermait dans son cabinet et Fernande frappait à sa porte.

Il était si profondément absorbé dans ses réflexions, qu'il ne l'entendit pas.

Elle frappa une seconde fois, puis une troisième.

— Qui est là? dit le ministre sans quitter le fauteuil où il était assis.

— C'est moi, monsieur le duc, répondit sa femme.

Il alla ouvrir.

Fernande ne put se défendre d'un mouvement de surprise en remarquant la pâleur et l'altération des traits de son mari.

— Qu'avez-vous, mon Dieu? lui demanda-t-elle.

Monsieur de Rieux referma la porte, puis il alla silencieusement se rasseoir.

— Que vous est-il donc arrivé? reprit bientôt et avec anxiété la duchesse.

Le duc lui apprit en peu de mots que le fils qu'il avait cherché pendant dix ans, et en qui il plaçait le bonheur de sa vieillesse, l'avait renié pour son père.

— Ainsi, il existe! dit la pauvre femme d'une voix éteinte.

— Oui, Fernande; mais Dieu ne me l'a conservé que pour me punir des égarements de ma jeunesse, et afin que l'expiation soit plus complète, il me le montre environné du double éclat de la célébrité et du talent.

Après avoir dit ces mots, le ministre se mit à marcher à grands pas.

— Vous savez, monsieur le duc, reprit la duchesse, si j'ai partagé votre affliction à la mort de nos pauvres enfants? Le même coup qui vous ravissait les héritiers de votre nom, m'enlevait deux fils tendrement aimés. Ce malheur, hélas! est de ceux qui ne se réparent point. Comme tous ceux dont l'âme est brisée, vous avez, au milieu de votre douleur, cherché une consolation au présent dans le passé. Votre cœur saignait, une espérance s'offrait à vous, vous vous y rattachiez avec toute la persistance que vous donne le désespoir, et je n'ai pas voulu la détruire; cependant je pressentais que cet espoir serait irréalisable.

— Irréalisable! dit le duc, en regardant sa femme en face.

— Oui, monsieur, poursuivit la duchesse bien

décidée à en finir avec son mari; car en admettant que vous retrouviez cet enfant, et que ce
qui est arrivé aujourd'hui n'eût point eu lieu,
tout ne s'opposait-il pas à ce que votre vœu le
plus cher pût s'accomplir? Ce fils est digne
de vous, m'avez-vous dit, mais cela suffit-il?
Le premier venu, à ce compte, pourvu que son
passé fût honorable, pourrait au besoin rem-
placer cet enfant qui vous renie en ce jour, oui,
le premier venu! Quels liens de tendresse vous
unissent à lui? Qu'avez-vous fait pour qu'il
vous appelle son père? En quoi a-t-il mérité
d'être votre fils? Hier encore peut-être ignorait-
il votre nom, et aujourd'hui vous voulez le lui
donner? Ah! je vous le répète, la réalisation de
ce projet était impossible.

— Madame, reprit le duc, vous me cachez
une arrière pensée que je veux connaître.

— Eh bien! oui, monsieur, je n'ai pas tout

dit. Vous avez exigé de moi autrefois un de ces sacrifices qu'on ne demande pas à une mère ; j'y ai consenti, par respect pour votre douleur, et bien convaincue à l'avance que votre cœur loyal, comprenant un jour les motifs qui me l'ont dicté, n'en abuserait pas.

— Ainsi, madame, vous étiez résolue à revenir sur la parole que vous me donniez ?

— Pourquoi prolonger davantage ce pénible entretien, répondit Fernande en se levant : votre fils n'est-il pas perdu pour vous ?

— Ah! vous aussi, vous croyez que je renoncerai à cet enfant? détrompez-vous, madame ; quoi qu'il fasse, il n'en demeure pas moins mon fils devant la loi, et c'est la loi que j'invoquerai si l'on m'y oblige !

— Et le scandale, monsieur, vous n'y songez donc pas ?

— Et lequel? madame la duchesse : cet en-

fant est le mien, je le réclame; mon titre et
mes droits de père ne peuvent m'être contestés,
où donc voyez-vous du scandale?

— Oui, si vous n'étiez pas ce que vous êtes,
mais dans le rang que vous occupez....

— Et qu'importe mon rang, madame,
lorsqu'il est question de mon fils?

— Au nom du ciel, monsieur le duc, reprit
Fernande, oubliez cet enfant qui refuse de
vous nommer son père, oubliez-le par tendresse
pour moi dont toute la vie fut employée à rendre la vôtre heureuse; — je vous le demande à
mains jointes, n'exposez pas aux chances dou-
teuses d'un procès votre nom qui est sans tache,
épargnez mon honneur qui est le vôtre, ayez
pitié de votre femme....

— Je vous l'ai dit, madame, interrompit
brusquement le duc, je veux qu'on me rende
mon fils!

— Je vous en conjure, réfléchissez encore :
que retirerez-vous de tout ceci, en supposant
que vous l'emportiez? rien, pas même la tendresse de ce fils.

— Assez, madame, assez.

— Eh bien ! puisqu'il en est ainsi, dit Fernande, quittant son attitude suppliante, puisque
ni mes larmes, ni mes prières ne peuvent rien
sur vous, faites ce que vous voudrez, mais
je vous déclare ici que ce sera contre deux
volontés que vous aurez à lutter. Si vous avez
vos droits, j'ai les miens, et quand vous aurez
fini avec cet enfant, il vous faudra recommencer avec moi; ah! vous ne redoutez point
le scandale, eh bien ! si vous m'y contraignez,
monsieur le duc, vous en aurez, mais il re-
tombera tout entier sur vous !

— Je vous attendais là depuis longtemps, répondit froidement le ministre, et je

sais maintenant tout le cas que je dois faire des paroles que vous me donnez.

— Est-ce ma faute, monsieur, si votre orgueil, inflexible lorsqu'il s'agit du bonheur d'une jeune fille, de cette pauvre Marie, que vous pouviez sans déshonneur regarder un peu comme votre enfant, s'humilie jusqu'à la faiblesse devant un étranger qui ne veut pas de vous pour son père!

— Marie! dit vivement le duc, mais c'est vous qui la condamnez aujourd'hui au malheur; ce fils qu'on me dispute et auquel je veux transmettre mon nom, c'est Amaury!

— Amaury! s'écria la duchesse en changeant de couleur.

— Amaury, oui madame; et maintenant si vous aimez Marie autant que vous le dites, prouvez-le donc?

Fernande ne répondit pas; mais le tremblement nerveux de sa main qui pressait son front, mais les éclairs qui s'échappaient par instant de ses regards, mais l'expression réfléchie de ses traits, décélaient la lutte intérieure qui se livrait en son âme.

— Eh bien! Fernande lui dit son mari en se rapprochant d'elle, que décidez-vous? dois-je voir en vous un ennemi de plus?

La duchesse demeura immobile comme si elle n'eût pas entendu. Dans ce moment une pensée unique l'occupait, — c'était le bonheur perdu de sa fille qu'un miracle du ciel lui faisait recouvrer.

— Que décidez-vous? lui demanda encore le ministre.

Madame de Rieux redressa sa belle tête pâle, et, d'une voix où semblait passé tout son amour maternel :

— Vous le saurez bientôt, monsieur le duc, répondit-elle.

Puis, elle ouvrit la porte, et s'éloigna.

Les deux Mères.

Le soir du même jour, la duchesse de Rieux faisait arrêter sa voiture à l'angle de la rue des Saints-Pères. Peu de temps après, elle était en présence de Madeleine.

Elle sentit à sa vue le plancher se dérober sous ses pieds ; les murailles et les meubles de l'appartement tournoyèrent devant elle ; elle avait le vertige.

Elle essuya la sueur froide qui baignait son front, et fit un pas vers madame Morin.

— Vous ne me connaissez pas, madame, lui dit-elle : je suis madame de Rieux.

Madeleine, à ce nom, tressaillit ; ses yeux se voilèrent. Puis bientôt, et comme poussée par une force irrésistible, elle regarda fixement Fernande.

Elles demeurèrent sans voix l'une et l'autre pendant quelques instants ; toutes leurs pensées, toutes leurs sensations, toute leur existence, semblaient concentrées dans leurs regards qui ne pouvaient se quitter. Le même tremblement convulsif les agitait. On eût dit qu'à cette heure solennelle, elles vivaient de la même vie, et souffraient des mêmes souffrances.

La duchesse rompit ce silence douloureux.

— J'ai été autrefois, la cause de votre malheur, madame, dit-elle à Madeleine, mais ce fut à mon insu, et si j'avais connu le fatal secret que je connais aujourd'hui, je ne serais point la femme de monsieur de Rieux.

— Ce n'est pas à vous de vous disculper près de moi, madame la duchesse, répondit madame Morin d'un accent angélique, mais à moi de m'accuser devant vous.

— Vous accuser ! et de quoi, madame ? Est-ce votre faute si vous avez aimé l'homme qui un jour devait être mon mari, et si les lois qui nous régissent, reconnaissent mon mariage et annulent le vôtre ? Ah ! je suis bien convaincue, poursuivit-elle, que si j'étais à votre place et que vous fussiez à la mienne, votre respect pour moi serait égal à celui que vous m'inspirez.

— Oui, madame la duchesse, répondit Madeleine, car la honte ne peut retomber sur une pauvre femme crédule, mais sur l'homme qui n'a pas reculé devant une lâcheté.

— Grâce, madame, interrompit Fernande, grâce, je vous en conjure, pour le père de votre enfant.

— Le père de mon enfant! ah! cet homme dont je ne prononce le nom qu'avec épouvante est mon mauvais génie! il a rempli de larmes et de deuil les jours de ma jeunesse; il a changé pour moi en honte ce qui fait la gloire des autres femmes; mon titre d'épouse, il m'a forcée d'en rougir; mon titre de mère, il m'a contrainte de le maudire! enfin, après bien des larmes versées, j'étais tranquille, j'étais heureuse, j'avais oublié; et voilà qu'après un silence de trente années, il se rappelle tout à coup que j'existe pour vouloir me dépouiller de mon fils! Il lui a plu autrefois de l'abandonner, et parce qu'il lui convient aujourd'hui de se dire son père, il croit que je courberai la tête devant sa volonté ! Oh ! non, non, madame ; votre mari est riche, il est tout-puissant ; il est duc, il est ministre.... mais je suis mère et je ne me laisserai pas dépouiller de mon enfant ! Mon Dieu, ajouta-t-elle bientôt en passant la main sur son front comme pour en arracher d'importuns souvenirs, à quoi bon revenir sur le passé, et parler de choses qui doivent ainsi qu'à moi vous être pénibles ; oubliez ce que je viens de dire, madame, et veuillez m'apprendre quel motif me procure l'honneur d'une visite à laquelle je ne m'attendais pas ?

— C'est mon cœur qui me conduit chez vous, et l'intérêt que je porte à votre enfant, répondit Fernande ; j'échouerai sans doute dans mes projets, mais j'aurai au moins tout tenté pour le bonheur de votre fils et de ma fille.

Madeleine pressentit vaguement où voulait en venir la duchesse, cependant elle eut assez d'empire sur elle-même pour cacher son émotion.

— Oui, dit-elle avec un calme qui démentait l'agitation de son âme, oui, Amaury aime, il est aimé, et le devoir l'a emporté sur son amour; je le sais, madame, et je comprends tout ce qu'il a souffert, tout ce qu'il souffrira peut-être encore; je donnerais ma vie pour le voir heureux, mais hélas! je ne puis rien en cette circonstance pour son bonheur, et je me résigne comme lui.

— Son bonheur! mais il est entre vos mains, répliqua courageusement madame de Rieux; prononcez un mot, et il épouse celle qu'il aime!

— Et ne savez-vous pas mieux que moi, madame, que ce mariage est impossible? dit

madame Morin de ce ton civilement glacial qui
coupe court à un entretien.

Fernande feignit de n'avoir pas deviné la
pensée de Madeleine.

— Impossible ! répondit-elle, et pourquoi ?
monsieur Amaury... de Rieux ne pourrait-il
donc accepter sans déshonneur aujourd'hui ce
que devait refuser hier monsieur Amaury
Morin ?

Ces paroles prononcées simplement, mais
d'une voix ferme, tombèrent sur Madeleine
comme une étincelle sur une traînée de poudre.

Elle redressa la tête par un mouvement fié-
vreux. L'expression de son visage d'ordinaire
calme et doux, devint insolemment dédai-
gneuse; elle regarda bien en face la duchesse, et
elle lui dit :

— Que me demandez-vous aussi, madame, à

quel prix vous voulez que je vous vende mon
fils?

Madeleine en ce moment était magnifique à
voir. Ses traits qu'animait la colère paraissaient s'éclairer des rayonnements intérieurs
de son amour pour son enfant ; ses regards
étaient deux flammes. On eût dit la personni-
fication de l'amour maternel.

— Madame, reprit Fernande du même accent simple et ferme, ce n'est point un marché
que je vous propose, je viens seulement savoir
si vous aimez assez votre fils pour sacrifier un
peu de votre bonheur au sien?

Ces paroles comme un trait acéré, frappèrent Madeleine droit au cœur. Son visage se
couvrit tout à coup d'une pâleur mortelle, et
ses yeux épouvantés semblèrent entrevoir un
abîme sous ses pas.

— Ce que vous me demandez, madame,

répondit-elle, c'est l'abdication de mes droits de
mère; c'est l'oubli de trente années d'un amour
qui jamais ne s'est démenti ; vous voulez re-
trancher le passé et l'avenir de mon existence,
et ce sacrifice, je n'y consentirai jamais !

— Mais vous continuerez à aimer votre enfant, répliqua Fernande, mais vous le verrez
à chaque heure du jour, et votre mari sera
pour lui ce qu'il a été jusqu'à présent ; voyons
poursuivit-elle, écoutez-moi, madame, et répondez : Amaury en sera-t-il moins votre fils
parce que vous ne lui donnerez plus tout haut
ce nom que vous prononcerez tout bas ? Sa tendresse, pour être contenue, diminuera-t-elle?
non, non, croyez-le bien, elle s'augmentera
de toute l'immensité de votre dévouement, et
de toute la sublimité de votre abnégation.

— Mais c'est l'arrêt de mort de mon amour
maternel que vous proférez là ? interrompit
Madeleine toute frémissante.

II.   11

— Non, madame, c'est le bonheur de votre fils que je veux malgré vous ! — Oh ! vous ne savez pas quelles douces consolations l'on trouve dans l'accomplissement d'un devoir, poursuivit-elle : plus tard, quand vous contemplerez votre enfant heureux, et heureux par vous seule, vous oublierez les larmes que vous aurez répandues, vous vous applaudirez de votre courage, et vous me pardonnerez tout le mal que je vous cause en ce moment. Et maintenant, madame, dites un mot, un seul, et ce fils que j'aime déjà parce qu'il aime ma fille et qu'il est aimé d'elle, eh bien ! je vous promets de ne plus voir en lui le fils de mon mari, mais mon enfant à moi, et je l'aimerai comme si j'étais sa mère !

— Mais ce motif là à défaut d'autres, s'écria Madeleine, suffirait pour que je refuse ce que vous attendez de moi ; oui, madame ; ah ! vous me regardez avec des yeux étonnés, vous ne

comprenez pas qu'une mère soit jalouse de
l'affection qu'une autre femme porte à son enfant? Eh bien! cependant cela est, madame;
vous venez de me dire que vous aimez mon
fils, mais je ne veux pas que vous l'aimiez,
non, je ne le veux pas; et plutôt que votre
amour, je préférerais pour lui mille fois votre
haine!

—Mais que faut-il donc pour vous persuader?
répliqua la duchesse avec découragement; comment vous convaincre, car si vous êtes mère,
je le suis aussi, et si vous voulez conserver
votre enfant, je ne veux pas moi, que la
mienne meure, madame! J'en ai appelé pour
triompher de votre résistance, aux prières, aux
supplications, à votre tendresse maternelle, et
vous n'avez rien voulu entendre! S'il eut été
question du bonheur de ma fille, je m'expli-
querais votre refus; mais je vous ai parlé de
votre fils; je vous ai dit que sa félicité était

entre vos mains, je vous ai montré ce que
vous ordonnait votre devoir de mère, et vous
n'avez rien voulu entendre encore; mais madame, vous n'aimez donc pas votre enfant?

Madeleine poussa un cri terrible.

— Je n'aime pas mon enfant, dit-elle; oh!
madame, madame, vous ne savez donc pas ce
que c'est que de venir dire à une mère qu'elle
n'aime point son enfant!

Puis laissant tomber sur elle un regard me-
naçant :

— Retirez-vous, poursuivit-elle, sortez, oh!
mais sortez donc, car vous venez de m'outrager
dans mon amour pour mon fils, et si vous per-
sistez à demeurer davantage, eh bien! je.....

Elle n'acheva pas. Les sanglots la suffoquè-
rent, et elle s'appuya toute défaillante contre
le mur. La duchesse de Rieux courut à elle
pour la soutenir dans ses bras.

— Ne m'approchez pas, ne m'approchez pas,

dit Madeleine avec terreur, ne m'approchez pas!

— Pardonnez, madame, murmura Fernande, pardonnez les paroles qui me sont échappées; c'est mon désespoir et non pas mon cœur qui les a prononcées. Oui, je sais que vous aimez votre fils; oui, je sais que vous avez été jusqu'à ce jour une tendre mère; eh bien! complétez votre œuvre en vous dévouant noblement aujourd'hui. Ce n'est pas moi qui vous parle, c'est Dieu qui emprunte en ce moment ma voix pour vous enseigner ce que vous devez faire; ce n'est pas moi qui vous supplie, c'est votre enfant bien-aimé qui vous conjure de ne pas condamner sa vie à des larmes éternelles.

— Mon fils! dit Madeleine qui semblait sortir d'un rêve terrible.

— Oui, votre fils! pauvre femme continua la duchesse! il vous tend les mains, il vous implore; oh! ne tuez pas son bonheur, ne le tuez pas!

— Mon fils! dit encore Madeleine dont l'âme subissait une soudaine réaction, résultat ordinaire d'une violente secousse ; mon fils !

— Croyez-vous que moi aussi, je n'ai pas lutté contre ma volonté et contre mon orgueil de femme et d'épouse, pour me décider à venir en suppliante vers vous? reprit Fernande : mais j'ai pensé à ma fille, et je n'ai plus hésité ! Serez-vous moins courageuse que moi, et toute votre tendresse ne servira-t-elle qu'à faire le malheur de votre enfant?

— Oh ! mon Dieu, mon Dieu, ayez pitié de moi, murmura madame Morin, brisée par le cruel combat qu'elle avait livré à son cœur et à moitié vaincue par l'éloquence persuasive de la duchesse.

— Je m'unis à elle, Dieu puissant, dit madame de Rieux d'un accent inspiré : ouvrez-lui les yeux, apprenez-lui la conduite que sa mission de mère lui impose : faites descendre en son âme un rayon de votre clarté divine! dirigez-la au milieu de son rude chemin d'épreuves, et comme aux anciens martyrs, montrez-lui la palme qui l'attend un jour dans le ciel!

A mesure que parlait Fernande, le visage de Madeleine devenait pensif et recueilli.

— Mon Dieu, mon Dieu, dit-elle en s'agenouillant, s'il est vrai que le bonheur d'Amaury ne peut exister qu'aux dépens du mien, soutenez mon courage qui chancelle, doublez-le et faites-le grandir à la hauteur du sacrifice que vous me commandez!

Puis sa voix s'éteignit.

Elle inclina le front : elle priait.

La duchesse de Rieux se mit à genoux auprès d'elle; et dans cette chambre où quelques instants auparavant retentissaient des menaces, des paroles de colère, régna un profond silence.

Madeleine tout-à-coup se leva.

Fernande redressa la tête.

La pauvre mère tomba dans les bras de madame de Rieux.

— Oh! puisse le ciel, murmura-t-elle, me
rendre un jour quelques débris de mon bonheur,
qu'il m'enlève aujourd'hui.

Et ce fut tout.

Fernande la pressa sur son cœur sans pouvoir
prononcer un mot.

XII.

La victoire remportée par la duchesse de
Rieux sur Madeleine était importante, mais non
pas décisive. Il fallait pour qu'elle fût complète
que Fernande triomphât de la courageuse résistance d'Amaury. Elle ne se faisait pas illusion
sur les difficultés de la tentative, toutefois la
situation n'était plus la même. Lorsqu'Amaury

avait refusé la main de mademoiselle d'Hauterive, il ignorait qu'il fût le fils du duc de
Rieux, et maintenant il savait que le duc était
son père. Ce qui avait été impossible autrefois
pouvait donc se réaliser aujourd'hui.

La duchesse se rendit sur-le-champ au couvent du Sacré-Cœur, et se fit conduire à la
cellule de Marie.

— Marie, lui dit-elle, aimes-tu celui qui
t'as recueillie dans sa maison et qui t'aime
comme si tu étais sa fille?

Et, sur la réponse de mademoiselle d'Hauterive.

— Eh bien! tu vas sortir d'ici à l'instant,
en sortir pour n'y plus rentrer, et me suivre
auprès de lui.

— Ma mère, répondit Marie, je veux consacrer le reste de ma vie à Dieu, et je n'attends
pour prononcer mes vœux que la fin de mon
noviciat.

— Il ne s'agit point de tes vœux mais de mon mari; je ne veux pas qu'il meure; toi seule peux le sauver, et je t'attends!....

— La vie de mon père est en danger? s'écria Marie avec effroi.

— Une espérance de salut pour lui me reste, cette espérance c'est toi, eh bien! dis-le-moi, hésiteras-tu?

— Non, non, ma mère, s'écria la jeune fille : entre mon bonheur et l'existence de mon père, je ne balance pas.

Quelques minutes à peine venaient de s'écouler, et la cellule où mademoiselle d'Hauterive avait trouvé un abri contre son amour, était déserte. Le couvent du Sacré-Cœur perdait une de ses filles bien-aimées, et le ciel un martyr.

Le duc de Rieux faillit mourir de joie en revoyant Marie.

— Oh! n'est-ce pas, lui dit-il en la baisant au front, n'est-ce pas que tu m'aideras à fléchir mon fils?

Marie qui ignorait le secret de la naissance d'Amaury, trembla que le duc n'eût perdu la raison.

Dans la soirée du même jour, la duchesse, son mari et mademoiselle d'Hauterive étaient au pavillon du jardin. L'entretien languissait; quelques rares paroles échangées au hasard venaient de loin en loin le ranimer pour le laisser tomber de nouveau. Une anxieuse préoccupation se lisait sur le visage du duc; Fernande était distraite, et ses regards à chaque instant se reportaient de Marie sur la pendule.

Sept heures sonnèrent.

Le duc se leva et sortit.

Peu de temps après son départ, un léger bruit de pas interrompit le silence qui régnait dans le jardin. La duchesse se pencha sur son

fauteuil et prêta l'oreille. Le bruit approcha et
sembla s'arrêter devant le pavillon. Bientôt un
petit coup sec appliqué sur la porte fit tressaillir
Fernande. Elle se leva et alla ouvrir.

Une femme entra.

Ses traits qui frappèrent Marie, ne lui semblaient pas inconnus ; cependant il lui fut impossible de se rappeler en quelle circonstance
elle avait vu cette femme.

— Seule, madame ! dit la duchesse avec un
accent de surprise.

— Il nous attend, répondit une voix douce.

— Où !

— Chez lui.

— Et est-il toujours décidé à tenir sa promesse ?

— Toujours.

Fernande respira plus librement.

— Viens, ma fille, dit-elle, à mademoiselle
d'Hauterive.

— Et où allez-vous donc ? lui demanda Marie avec étonnement.

— Viens ! viens ! répéta la duchesse.

Une voiture stationnait devant l'hôtel ; toutes trois montèrent dans cette voiture, et les chevaux partirent au galop.

La duchesse n'adressa pas une seule fois, durant le trajet, la parole à sa mystérieuse compagne.

Marie avait le cœur serré sans pouvoir s'en expliquer la cause.

La voiture s'arrêta devant une maison où jamais mademoiselle d'Hauterive n'avait accompagné sa mère.

Elles montèrent au troisième étage de cette maison, et entrèrent dans une vaste pièce dont les fenêtres regardaient les flots argentés de la Seine.

Un homme à cheveux blancs s'avança vers la duchesse.

— Où est-il? lui demanda-t-elle vivement.

— Dans sa chambre, madame.

— Est-il prévenu?

— J'ai préféré ne l'avertir de rien, madame.

Puis s'adressant à mademoiselle d'Hauterive dont l'étonnement s'était changé en stupeur :

— Voulez-vous prendre mon bras, mademoiselle, lui dit-il avec bonté.

La jeune fille regarda madame de Rieux comme pour lui demander ce qu'elle devait faire, et sur un signe de Fernande, elle prit le bras que lui offrait le vieillard.

Celui-ci salua la duchesse, lui sourit tristement, et sortit avec Marie.

Il alla droit à une chambre placée à l'extrémité de l'appartement et il l'ouvrit.

Mademoiselle d'Hauterive poussa un cri en mettant le pied sur le seuil de cette chambre.

Un cri qui retentit jusqu'au fond de son cœur, répondit au cri qu'elle venait de jeter.

Faisons halte un moment, et profitons de
ce léger temps d'arrêt pour expliquer en peu
de mots le rôle étrange qu'André s'apprête à
jouer dans ce duel de l'amour filial contre l'a-
mour. On n'a pas oublié sans doute l'entrevue
du duc de Rieux avec monsieur Morin, l'apparition inattendue d'Amaury au milieu de cette
entrevue, et la péripétie qu'amena sa présence
sur le théâtre de la lutte des deux pères.

Après le départ du duc, et lorsque les premières effusions de la tendresse d'Amaury se furent calmées, André se prit à réfléchir aux
graves événements qui s'étaient succédé depuis
vingt-quatre heures. L'enchaînement inouï de
circonstances qui avait fait du père de son enfant d'adoption le protecteur et le parent de mademoiselle d'Hauterive, le frappa, et il entrevit
dans ce rapprochement bizarre la solennelle em-
preinte du doigt de Dieu. L'amour d'Amaury
pour l'unique femme au monde qu'il n'aurait

pas dû aimer, lui sembla un avertissement de
la volonté du ciel, et sa tête se courba de nouveau sous le désespoir. Loin de combattre son
affliction, il s'y abandonna pour ainsi dire avec
délices, comme s'il cherchait à l'user en un
seul jour. Choisi par Dieu pour devenir le martyr de l'amour paternel lui qui n'était point
père, il n'aspirait plus qu'à se montrer digne
de la grande mission qu'il devait accomplir.
Ainsi que les esclaves des anciens cirques ro-
mains qui saluaient César en mourant, il voulait que sa douleur expirante saluât Amaury fils
du duc de Rieux.

Un homme ordinaire eût ployé sous le fardeau de ce renoncement sublime, mais André
n'était pas, en fait de dévouement, un homme
ordinaire; il l'avait prouvé autrefois à Madeleine. Une pensée d'ailleurs le soutenait au milieu de ses larmes, c'était le bonheur d'Amaury.
Cette consolante espérance acheva le miracle

commencé par sa tendresse paternelle, et lorsque sa femme vint un jour, toute sanglotante,
lui apprendre la résolution qu'elle avait prise
de renoncer à son fils pour que ce fils fût heureux, André lui serra la main en silence, et
Madeleine comprit que son pauvre mari était
résigné à tout.

Le cri qu'avait poussé Mademoiselle d'Hauterive lui avait été arraché par l'apparition
inattendue d'Amaury.

Aussi étonné qu'elle, le jeune député avait,
comme nous l'avons dit, répondu par un cri à
l'exclamation de Marie.

Puis un silence de quelques minutes s'était
fait.

— Vous ici, Marie! dit bientôt Amaury d'une
voix où se devinaient confondus, l'émotion, l'ivresse et la stupeur : vous ici!... mais
vous avez donc abandonné votre sainte retraite? Mais vous avez donc consenti à revivre

pour un monde auquel vous aviez dit adieu?

Vivement émue, mademoiselle d'Hauterive baissa la tête pour cacher la rougeur qui couvrait son visage, et elle répondit :

— Ma mère l'a ordonné, monsieur, et j'ai obéi.

— Ainsi, répliqua Amaury, vous n'avez cédé, en quittant votre couvent, qu'aux ordres de madame la duchesse de Rieux, et mes prières d'autrefois n'ont été pour rien dans votre retour au monde?

Marie sentit tout ce que ce reproche avait à la fois de cruel et de tendre, mais elle garda le silence.

Amaury cependant s'était remis de son trouble, et il réfléchissait aux motifs qui pouvaient avoir conduit auprès de lui mademoiselle d'Hauterive. Son apparition lui semblait devoir cacher un mystère, mais c'était en vain qu'il cherchait à l'approfondir.

André était debout près de la porte.

Son attitude avait quelque chose de solennel.

Ses regards so reportaient incessammment de son fils sur Marie. Sa physionomie n'exprimait ni joie ni douleur ; elle semblait muette

— Mon père ! s'écria tout-à-coup Amaury qui venait enfin de l'apercevoir.

Et il s'élança vers lui.

Morin, par un geste plein de bonté, comprima cet élan filial.

Et désignant mademoiselle d'Hauterive qui, par un instinct d'adorable pudeur, s'était couvert les yeux avec ses mains :

— Etait-ce donc l'accueil qu'elle devait attendre de toi ? lui demanda-t-il en laissant tomber sur la jeune fille un regard où se lisait une tendre compassion.

Amaury à ces mots tressaillit.

— Au nom du ciel, mon père, explique-toi, dit-il à André : ou plutôt, reprit-il en se tournant vers mademoiselle d'Hauterive, que ce soit vous, Marie, qui m'appreniez comment il se fait que vous soyez ici, et dans quel but vous y êtes venue.

— Ma mère m'a dit de la suivre, et je l'ai suivie ignorant où nous allions, répondit timidement la jeune fille.

— C'est madame la duchesse, dites-vous, qui vous a conduite en ces lieux? interrompit Amaury au comble de l'étonnement; et c'est elle sans doute ajouta-t-il qui vous a envoyée vers moi?....

— C'est elle, répondit froidement Morin.

Les ténèbres qui voilaient la lumière aux regards du jeune député se dissipèrent tout-à-coup, et le jour se fit devant lui; son visage se couvrit de pâleur, une larme mouilla sa paupière, mais ce fut tout. Comme autrefois le divin Rédempteur des hommes, au milieu de la mer, avait étendu sa main sur les vagues sou-

levées en leur disant : Vous n'irez, pas plus loin!
il étendit, lui, en ce moment la main sur les
vagues soulevées de son cœur en leur disant
aussi : vous n'irez pas plus loin! et la tempête à
sa voix, comme à celle du Christ, s'était apaisée.
Quand il releva la tête, l'amant avait disparu,
le fils seul était demeuré. Alors, et d'un ton
grave et ferme :

— Mademoiselle, dit-il à Marie, il fut un
temps où j'aurais payé de ma vie un instant
passé auprès de vous, aujourd'hui ce bonheur
je le repousse; sur le point de voir se réaliser
mon rêve le plus doux, c'est moi qui le détruis;
le duc de Rieux vous a envoyée ici pour que vous
en sortiez ma femme, et cette alliance je la re-
jette; je l'avais imploré autrefois, et il a été
impitoyable; aujourd'hui c'est lui qui m'implore et j'éprouve je ne sais quelle joie à être
sans pitié à mon tour. Ah! je le vois bien,
poursuivit-il avec un accent involontaire de

tendresse en remarquant l'étonnement et l'effroi que ses paroles avaient causé à mademoiselle d'Hauterive, oui, je le vois, on ne vous a rien dit, et vous ne me comprenez pas, et votre cœur m'accuse peut-être..... Plus tard, Marie, poursuivit-il : plus tard vous connaîtrez sans doute au prix de quel sacrifice il m'eût fallu vous nommer ma femme, vous approuverez, j'en suis sûr, mon cruel refus, vous me plaindrez, et je trouverai du moins dans votre estime une consolation à mon bonheur perdu.

Marie leva les yeux au ciel, puis elle fit un mouvement pour se retirer.

— Demeurez, lui dit André du ton de la prière, demeurez.

Et se rapprochant d'Amaury dont les regards fixes et mornes trahissaient un profond désespoir, il prit une de ses mains qu'il plaça sans prononcer un mot dans celles de mademoiselle d'Hauterive.

— Que fais-tu , mon père ? s'écria le jeune député tout frémissant.

— Crois-tu donc , répondit monsieur Morin, que je ne me suis point aperçu de la tristesse qui s'est emparée de toi depuis le jour où la révélation du duc t'a appris que tu pouvais, sans être ingrat , devenir l'époux de celle que tu aimes? Crois-tu donc que je n'ai pas deviné les douloureux combats que tu livrais à ton cœur ?.... En vain tu t'efforçais de me cacher tes tortures , en vain tu te couvrais le visage du masque de l'indifférence , il y avait des larmes jusque dans ton sourire. Ah ! c'est que vois-tu , je connais ça, moi ! comme toi, mon enfant , j'ai souffert autrefois, et comme toi, je m'étais condamné à étouffer mes sanglots. Tu espérais tromper ma tendresse par ces semblants de calme et d'oubli ; mais ce bonheur apparent me dénonçait les cruels déchirements de ton âme ah ! je connais ce bonheur là ! il est horrible !

— Je ne te comprends pas, mon père, répliqua Amaury étonné des étranges paroles qu'il venait d'entendre : quel est ton dessein ?

— Je veux, répondit André, que celui qui est ton père devant Dieu, le devienne devant les hommes.

— Qu'entends-je? dit mademoiselle d'Hauterive, en le regardant avec des yeux remplis de surprise.

— Tais-toi, tais-toi, s'écria Amaury en se rapprochant vivement du vieillard.

— Non, car il est temps enfin que je parle, poursuivit celui-ci, et que je me dépouille d'un titre qui ne m'appartient pas.

— Assez, assez, mon père, interrompit le jeune député.

— Je ne suis pas ton père, répliqua énergiquement monsieur Morin, c'est au duc de Rieux que désormais tu dois donner ce nom.

Mademoiselle d'Hauterive, à cette révélation inattendue, fit un pas en arrière.

Amaury se cacha le visage dans les mains.

André, comme si toutes les forces de son âme s'étaient brisées dans ce sublime effort d'abnégation paternelle, se laissa tomber sur un fauteuil.

Marie revenue de sa stupeur, promena longtemps et lentement ses regards autour d'elle, pareille à une personne qui se reveille. Puis, recueillant ses souvenirs, elle dit à Amaury d'une voix où le doute semblait le disputer à l'émotion :

— Ce que je viens d'entendre est-il vrai ?

— Ce ne sont pas les liens du sang qui font la paternité, lui répondit-il, ce sont les tendres soins, c'est l'amour, et à ce titre, André seul est mon père !

— Je pouvais l'être tant que j'ignorais ce qu'était devenu celui qui t'a donné la vie, répliqua monsieur Morin, mais aujourd'hui je ne suis plus qu'un étranger pour toi.

— Tu ne m'aimes donc plus? lui dit le jeune député.

— Il n'est pas question de mon amour, mais de mon devoir, reprit André, et mon devoir m'ordonne de me dépouiller d'un titre que la volonté de Dieu ne m'avait confié que pour un temps.

— Si tu m'aimais parlerais-tu ainsi, interrompit Amaury, ou plutôt, ajouta-t-il bientôt, si tu me parles ainsi, c'est par excès de tendresse; oui tu veux te sacrifier pour moi, mais moi je n'accepte pas ton sacrifice. Ordonne-moi, défends-moi de ne plus t'aimer, je ne t'obéirai pas; renie-moi pour ton fils, moi je t'appellerai toujours mon père; chasse-moi de ta maison, et je demeurerai à ta porte jusqu'à ce qu'elle se r'ouvre pour moi!

André essuya furtivement une larme.

L'émotion de mademoiselle d'Hauterive se trahit par un doux regard qu'elle adressa au jeune député.

— Mais parlez-lui donc, mademoiselle, dit André à Marie, convainquez-le donc qu'il peut sans ingratitude devenir votre époux; vous voyez bien qu'il ne veut pas m'entendre, et que si je n'écoutais que mon cœur, je me jetterais à ses genoux pour le remercier de son amour.

La jeune fille s'avança timidement vers Amaury.

— C'est inutile, Marie, dit-il : tout est fini entre nous.

— Tu serais libre de condamner ta vie au malheur, répliqua monsieur Morin, si tu devais ne frapper que toi, mais veux-tu donc que cette pauvre enfant expie son amour par des larmes éternelles? tant que le devoir te défendait d'accepter sa main, j'ai approuvé ton refus; mais aujourd'hui que le duc de Rieux est ton père, aujourd'hui que tu n'as qu'un mot à prononcer pour être heureux et voir Marie heureuse, qui peut t'arrêter? Ta tendresse pour moi? eh bien! au nom de cette tendresse, je te supplie d'épouser celle que tu aimes; désobéis-moi, et ce n'est pas seulement ton malheur que tu fais, ce n'est pas seulement le sien, c'est le mien encore, oui le mien! Crois-tu donc que je pourrais voir couler froidement tes larmes? mais pour moi, il n'y aurait plus en ce monde ni repos, ni joie, ni sourires, et je mourrais bientôt tué par le désespoir et par le remords! Amaury, mon fils, au nom du ciel, renonce à ton fatal projet, c'est moi, moi, qui t'en conjure, moi qui te le demande à mains jointes. Eh bien! que décides-tu?

Le jeune député ne répondit pas; mais au feu sombre qui jaillissait de ses yeux, mais aux mouvements pressés de sa poitrine, on devinait facilement les angoisses qui le déchiraient.

M. Morin, les regards fixés sur son enfant d'adoption, semblait en proie à une anxiété fiévreuse.

Mademoiselle d'Hauterive gardait le silence. On eût dit à sa pâleur et à son immobilité, que le foyer de la vie s'était éteint en elle.

— Eh bien ! que décides-tu Amaury ? répéta André d'un accent si triste qu'on eût cru entendre la prière d'un mourant.

Amaury comme réveillé en sursaut par le son chéri de cette voix, releva la tête, et il aperçut Morin debout à peu de distance, et qui d'un geste d'une simplicité éloquente, lui montrait Marie silencieuse et morne comme la mort dont ses traits avaient revêtu la sinistre expression.

A cette vue, il sentit son cœur défaillir; emporté malgré lui par la violence d'un amour longtemps comprimé, il tendit involontairement ses mains vers la jeune fille. Déjà monsieur Morin croyait triompher, lorsque rappelé tout à coup à lui-même, le jeune député laissa retomber lentement ses mains.

Un cri, étouffé aussitôt, s'exhala de la poitrine d'André.

Mademoiselle d'Hauterive tressaillit, redressa vivement son beau visage pâle, et ses regards rencontrèrent ceux d'Amaury.

Amaury ferma les yeux afin de se soustraire à l'invincible empire que Marie exerçait sur lui. Puis bientôt et honteux de sa faiblesse, il les r'ouvrit, et faisant un pas vers elle :

— Mademoiselle, lui dit-il, Dieu m'est témoin que jamais je n'eusse prononcé les paroles que vous allez entendre, si l'on ne m'y eût forcé ; Mademoiselle, vous m'avez ordonné autrefois de ne plus voir en vous qu'une sœur et.... il s'arrêta un moment, et reprit : et je n'ai plus aujourd'hui pour vous que l'amitié d'un frère.

La jeune fille porta la main à son cœur comme

pour l'empêcher de se briser, et nulle altération ne se peignait sur ses traits, nulle plainte
ne sortit de sa bouche. Son visage ainsi que son
âme semblait résigné.

— Tu mens! s'écria André, tu mens!

— J'ai dit la vérité, reprit Amaury.

— Ne le croyez pas, Marie, interrompit
Morin à demi fou de désespoir, ne le croyez
pas!

Et rejoignant le jeune député, il lui prit
la main et la plaça dans celles de mademoiselle
d'Hauterive. Amaury en sentant pour la seconde fois cette main dans la sienne frémit et
chancela.

— Tu vois donc bien que tu l'aimes! s'écrie
André d'une voix éclatante;

— Marie, reprit Amaury, oubliez-moi, je
suis indigne de vous.

— Oh! j'en perdrai la raison, murmura le
vieillard en levant les yeux au ciel.

Mademoiselle d'Hauterive jeta sur Amaury un regard triste comme son âme, puis elle se dirigea vers la porte sans proférer une parole, et s'éloigna.

André se précipita sur les pas de la jeune fille.

Amaury aussitôt après le départ de Morin et de Mademoiselle d'Hauterive, s'enferma à double tour, comme pour mettre entre lui et les objets de sa tendresse, une séparation infranchissable.

Quelques instants plus tard il entendit dans une pièce voisine des voix se parler et se répondre, et il prêta l'oreille. Bientôt un bruit de pas arriva jusqu'à lui, et son cœur doubla ses battements. Ce bruit cessa. Alors il courut vers la fenêtre, et caché derrière ses rideaux il attendit.

La duchesse de Rieux ne tarda pas à sortir de la maison, Marie l'accompagnait son voile baissé sur son visage. Elles montèrent dans une voiture de place qui s'éloigna aussitôt.

Amaury suivit longtemps des yeux cette voiture ; lorsqu'elle eut disparu , il quitta la fenêtre , vint s'asseoir sur un fauteuil , et le nom de Marie expira sur ses lèvres dans un soupir.

XIII.

Pauvres Mères.

La duchesse de Rieux et Madeleine, après le départ de M. Morin et de Mademoiselle d'Hauterive, étaient demeurées ensemble assises à quelques pas l'une de l'autre, et silencieuses; elles tenaient leurs yeux baissés comme si elles craignaient que leurs regards ne se rencontrassent. Fernande se hasarda enfin à lever la tête ; madame Morin leva la sienne au même moment, et toutes deux par un mouvement simultané se rapprochèrent.

— Ainsi, dit Madeleine, encouragée par l'air bienveillant de la duchesse, et avec un sourire doux et mélancolique, ainsi, vous ne me méprisez pas, madame ?

— Et vous, lui répondit Fernande, vous ne me haïssez donc pas ?

— Et pourquoi vous haïrais-je, madame ?

— Et pourquoi vous mépriserais-je, Madeleine ?

La pauvre mère porta vivement une des mains de madame de Rieux à ses lèvres.

— Oh ! vous ne savez pas, dit-elle, d'une voix pénétrante, combien votre estime me rend heureuse et fière !

— Madeleine, répondit la duchesse, voulez-vous que cette heure devienne une des plus

douces de ma vie ? Eh bien ! laissez-moi espérer
que vous pourrez m'aimer un jour ?

— Oui, je vous aimerai, madame, mais à
une condition.

— Et laquelle ?

— C'est que vous me permettrez de continuer à appeler Amaury mon fils.

— Mais je veux que vous soyez toujours sa
mère, reprit la duchesse avec émotion.

— Oh ! merci, merci, murmura Madeleine.

— Et maintenant, ajouta Fernande, croyez-
vous pouvoir m'aimer un jour ?

Madeleine, pour toute réponse, tendit la main
à madame de Rieux.

Il se fit un silence.

La duchesse le rompit la première.

— Madeleine, dit-elle à madame Morin d'un
accent si doux qu'on aurait cru entendre la
voix d'un ange, Madeleine, parmi les bonheurs
que Dieu m'a refusés, il en est un dont j'ai

regretté souvent l'absence : je n'ai jamais eu de
sœur. Le mariage de Marie avec votre enfant
établira entre nous des liens d'amitié, si vous
tenez toutefois la promesse que vous m'avez
faite, eh bien ! soyez plus que mon amie, à
partir de ce jour devenez ma sœur : dites,
Madeleine, le voulez-vous ?

Un éclair de joie brilla dans les yeux de madame Morin ; Fernande lui ouvrit ses bras, et
Madeleine s'y précipita en murmurant au milieu
de ses larmes :

— Oui, votre sœur et votre sœur toujours !

Tout à coup la porte s'ouvrit.

Marie entra.

L'égarement et l'épouvante se lisaient sur son
visage.

— Grand Dieu ! Qu'as-tu donc ? s'écria la
duchesse de Rieux en courant à elle.

— Partons, partons, répondit mademoiselle

d'Hauterive qui venait de saisir Fernande par
la main.

— Au nom du ciel, mon enfant, apprends-
moi.....

— Viens, viens, interrompit la jeune fille.
Et elle se dirigea vers la porte.

— Que s'est-il donc passé ? demanda Madeleine d'une voix tremblante, en cherchant à
retenir mademoiselle d'Hauterive.

— Mais viens donc! dit Marie à la duchesse
en l'entraînant hors de la chambre.

Madame Morin voulut les suivre, elle ne put
faire un pas; elle voulut les rappeler, sa
bouche demeura entr'ouverte sans pouvoir prononcer un mot. L'étonnement l'avait rendue
immobile et muette.

Quelques instants s'écoulèrent.

Rompant enfin les liens invisibles qui semblaient l'enchaîner au sol, elle se précipita vers
la porte, l'ouvrit et se trouva en face d'André.

Celui-ci jeta un rapide coup d'œil dans la chambre, et n'apercevant pas celle qu'il y cherchait :

— Marie, où est-elle? demanda-t-il avec inquiétude à sa femme.

— Partie, lui répondit Madeleine.

— Partie! s'écria André : et tu ne l'as pas retenue?

— Elle n'a rien voulu entendre.

— Il fallait te jeter en travers de cette porte, et lui barrer le passage! répliqua Morin ; puis baissant la tête et se croisant les bras avec découragement, il ajouta à voix presque basse, et comme s'il se parlait à lui-même : tout est fini maintenant.

— Mais quel nouveau malheur est donc survenu? lui dit craintivement Madeleine.

— Tu vas le connaître, répondit André.

Pendant que Madeleine toute frémissante apprenait de son mari, les causes du départ im-

prévu de Mademoiselle d'Hauterive, la duchesse
de Rieux et Marie regagnaient silencieusement
leur demeure. En vain Fernande avait interrogé
sa jeune parente sur les résultats de son entrevue
avec Amaury, Marie n'avait pas répondu à ses
questions. Assise au fond de la voiture, la pauvre
jeune fille semblait abîmée dans sa douleur. La
duchesse, dans le but de l'arracher à cette morne
rêverie, vint se placer à côté d'elle, et lui
prenant ses mains qui étaient glacées, elle les
réchauffa dans les siennes; Marie les yeux fixes
et pleins d'un feu sombre parut ne rien sentir.
Madame de Rieux était désespérée.

Enfin la voiture s'arrêta.

Quelques minutes plus tard Fernande et
Marie étaient auprès du duc.

Celui-ci en voyant la pâleur de Marie et
l'altération des traits de la duchesse devina
tout. Maîtrisant cependant son émotion, il

voulut connaître toute l'étendue du nouveau malheur qui le frappait.

— Eh bien ? dit-il à mademoiselle d'Hauterive.

— Mon père, répondit Marie en tombant à ses genoux, par pitié permettez-moi de rentrer à mon couvent; tout bonheur, je le sais, est perdu pour moi sans retour, mais là, au moins, je trouverai, avec le temps, le repos et l'oubli.

Chacune des paroles que Marie prononçait était accompagnée d'une larme; le duc sentit son cœur se briser.

— Ma pauvre enfant, lui répondit-il après l'avoir relevée et en la pressant contre son sein, c'est moi qui fais couler les pleurs; sans moi tu serais heureuse, sans mon orgueil Amahry t'eût nommée sa femme! oh! je suis bien coupable, mais je réparerai ma faute.

— Mon père, laissez-moi rentrer à mon

couvent, reprit Marie en joignant les mains.

— Non, je ne condamnerai pas ta jeunesse, ta beauté et ton amour à s'ensevelir dans un cloître, dit le duc de Rieux d'une voix remplie de tristesse, je ne me repens que trop de l'avoir permis une fois. Mon enfant bien-aimée, sèche tes larmes, aie confiance en ma tendresse, et le bonheur renaîtra pour toi.

— Mon père, je veux retourner à mon couvent, interrompit mademoiselle d'Hauterive. Et que voulez-vous que je fasse sur la terre, maintenant qu'il ne m'aime plus, et qu'il me l'a dit?

— Que m'apprends-tu? interrompit le duc : oh! mais non, c'est impossible.

— C'est la vérité, mon père.

— Non, non, je ne te crois pas, ou plutôt, c'est lui que je ne crois pas; en te parlant ainsi, il a menti, mon enfant. Et tu as ajouté foi à ses paroles? mais ton cœur ne te disait donc pas qu'Amaury te trompait?

— Mon père, je veux retourner à mon couvent, répondit froidement la jeune fille.

— Mais tu ne m'aimes donc pas ? s'écria la duchesse qui jusqu'à ce moment avait gardé un sombre silence : tu ne m'as donc pas aimé avant de le connaître ? tu ne songes donc pas aux larmes que j'ai versées lorsqu'autrefois tu as voulu te séparer de moi, à celles que je verserai s'il faut que tu me quittes encore ? Ton amour pour Amaury a-t-il donc éteint en ton cœur toute autre affection, et t'a-t-il rendue oublieuse et ingrate ?

Marie s'élança au cou de Fernande, et l'entourant de ses bras :

— Moi, ne plus t'aimer, répondit-elle d'une voix entrecoupée de sanglots, moi oublier tes bienfaits, ta tendresse ! oh ! tu ne le penses pas, ma mère, n'est-ce pas que tu ne le penses pas ?

La duchesse détourna la tête sans prononcer un mot.

— Tu ne réponds pas ! continua Marie d'une voix déchirante : mais tu crois donc ce que tu m'as dit.

— Oui, murmura la duchesse.

La jeune fille jeta un cri de désespoir.

— Veux-tu me prouver que tu m'aimes toujours, reprit Fernando, eh bien ! ne me parles plus de te séparer de moi !

— Mais tu veux donc me voir mourir sous tes yeux ? enterrompit Marie.

— Que dis-tu ? répliqua madame de Rieux avec terreur.

— Le coup qui a détruit mon bonheur m'a frappée à mort, répondit tristement mademoiselle d'Hauterive, oui, ma mère, j'en mourrai, et voilà pourquoi je veux rentrer à mon couvent.

— Tu vivras, s'écria le duc ne pouvant se contenir davantage, oui, tu vivras, mon enfant, pour être l'orgueil et la joie de ceux qui t'ai-

ment ! oui , tu vivras, et devenue avant peu
la femme d'Amaury, tu me béniras d'avoir fermé
en ce jour mon oreille à tes prières ! Marie,
renonce à ton fatal projet ; et devant Dieu, je
jure ici de triompher des obstacles qui s'op-
posent à ton bonheur ; oui , j'en triomphe-
rai, car maintenant ce n'est pas seulement un
fils que je veux conquérir, c'est une fille
bien-aimée qu'il faut que je dispute à la mort.
Marie, entends-moi bien, ce ne sont pas des
mois que je te demande pour ramener Amaury
à tes pieds, je te demande huit jours, — si
dans huit jours je n'ai pas tenu ma parole,
eh bien ! eh bien !.... tu seras libre alors de
retourner à ton couvent.

Un sourire de doute erra tristement sur les
lèvres décolorées de Marie.

— Mon enfant , lui dit la duchesse de Rieux
en élevant solennellement une main vers le ciel,
Dieu est grand , et il inspirera peut-être à ton

père une de ces pensées qui sera notre salut à tous !

— J'attendrai! répondit mademoiselle d'Hauterive.

XIV.

La Renonciation.

Monsieur de Rieux, repoussé par le fils qu'il avait renié autrefois, ne se trouvait frappé jusqu'à ce moment que dans son orgueil et dans ses droits paternels; Dieu lui réservait une dernière douleur. Condamné à voir s'éteindre avec lui son nom illustre, le duc, comme homme, était

n.   11

suffisamment puni , mais l'expiation aurait été
incomplète s'il n'eut point été puni comme père,
et ce châtiment , le plus cruel de tous, allait
commencer pour lui.

Le sublime dévouement du jeune député pour
André Morin , tout en faisant le désespoir du
ministre, avait fortement excité son admiration,
et cette admiration s'était peu à peu transformée
en une vive tendresse. Malgré lui , parfois , il
se surprenait à approuver la noble conduite de
ce fils qui lui brisait le cœur ; malgré lui , il
s'énorgueillissait de le voir si grand dans la
lutte de son amour contre sa reconnaissance ;
et chaque jour ce fils lui devenait plus cher
par les larmes qu'il lui faisait répandre. Devant
tant de loyauté , tant de gratitude , tant d'abnégation , son orgueil enfin s'avoua vaincu ,
et , à partir de cet instant, ce qu'il ambitionna
de conquérir dans Amaury ne fut plus l'enfant

qui devait continuer son nom, mais l'ami destiné
à être la joie de sa vieillesse.

L'entrevue de mademoiselle d'Hauterive et
du jeune député en offrant à celui-ci l'occasion
d'un nouveau triomphe, avait du même coup
doublé l'affection du duc et ruiné ses plus chères
espérances. Il comprit que son fils était perdu
pour lui, et résigné désormais à se mettre noblement à l'écart, il n'eut plus qu'une pensée,
celle d'arracher Marie à la mort en lui donnant
Amaury pour époux.

La réalisation de ce projet, à présent son
unique rêve, présentait cependant bien des
difficultés. Toutefois le malheureux père ne
désespéra pas de les vaincre au moyen d'un
acte aussi grand, aussi admirable, que le motif
qui avait dicté à Amaury son magnifique dévouement.

Le lendemain du soir où mademoiselle d'Hauterive avait entraîné madame de Rieux hors

de la maison de Madeleine, le jeune député de l'opposition, retiré dans son cabinet, songeait tristement à la fatalité qui semblait s'attacher à lui, lorsque la porte s'ouvrit tout à coup, et le duc s'offrit à ses regards.

Amaury ne l'avait point revu depuis le jour où il l'avait trouvé auprès d'André Morin. Il ne put, en l'apercevant, se défendre d'une vive émotion. Il se leva pour aller au-devant du ministre, celui-ci avec un geste plein de bonté et de noblesse, lui fit signe de demeurer à sa place.

Le jeune député alla se rasseoir.

Son père s'approcha de lui lentement.

— Qui me procure l'honneur de votre visite, monsieur le duc? lui demanda Amaury après un court silence.

— Vous l'apprendrez tout à l'heure, répondit le ministre; veuillez d'abord me permettre de vous demander pourquoi, depuis une semaine, vous n'avez point paru à la chambre? votre parti s'étonne que vous l'ayez abandonné au milieu des graves intérêts qui sont chaque jour discutés à la tribune, et plusieurs de vos amis ne craignent pas de vous accuser de trahison.

Le jeune député écouta froidement ces paroles, comme un homme qu'un pareil soupçon ne saurait atteindre, et il se contenta de répondre au duc d'un ton bref, que des affaires avaient nécessité l'absence dont ses collègues s'inquiétaient à tort.

— Le motif que vous invoquez pour votre justification, n'est pas le véritable, répliqua monsieur de Rieux; vous n'êtes point venu à la chambre parce que vous saviez que le ministre de l'intérieur devait prendre la parole dans une question que votre devoir vous commandait de combattre.

Son fils voulut l'interrompre.

— Laissez-moi achever, poursuivit le mi-

nistre : votre cœur qui se refuse à m'accorder
sa tendresse, a compris, sans se l'avouer peut-
être, qu'il ne devait plus exister de luttes,
quelles qu'elles fussent, entre le fils et le père,
et c'est pour ne pas me combattre que vous vous
êtes éloigné du champ de bataille. Soyez sincère,
Amaury, vous ai-je deviné?

— Eh bien! oui, c'est la vérité, dit le jeune
député d'une voix sourde; il est dans votre
destin de m'être fatal partout où vous me ren-
contrez. Autrefois vous avez tué mon bonheur,
et aujourd'hui c'est mon honneur! mais, reprit-
il bientôt en regardant fièrement le duc de
Rieux, ne vous glorifiez pas de ce triomphe,
monsieur, il sera de courte durée si je le veux,
songez-y bien! Pour cela, je n'ai qu'à fouler à
mes pieds ces absurdes préjugés du sang qui
m'ont jusqu'ici fermé la bouche, et je ne sais
trop, se hâta-t-il d'ajouter, quels scrupules

doivent m'arrêter encore après ce qui s'est passé entre nous.

— Est-ce bien votre cœur qui parle en ce moment? répondit le ministre.

Il y avait dans l'accent dont ces mots furent prononcés, une expression de reproche si tendre et si incisive tout à la fois, qu'Amaury sentit sa colère se calmer et faire place au repentir.

Monsieur de Rieux lut sans doute dans les regards de son fils ce qui se passait en son âme, car il lui tendit la main.

— Partez! monsieur, s'écria Amaury en détournant la tête, partez! oubliez que j'existe, et je vous ferai sans regret le sacrifice du peu que je suis.

— Que voulez-vous dire? interrompit le ministre du ton de l'étonnement.

— Je veux dire, monsieur le duc, répondit Amaury, que bien que je refuse de vous nommer mon père, je n'en suis pas moins votre fils! je veux dire que, bien que je vous aie menacé tout à l'heure de vous combattre à la tribune, jamais je n'aurai le courage d'engager cette lutte criminelle, non, monsieur; aussi, placé entre la cruelle alternative d'être traître à mon parti, ou hostile à l'homme de qui je tiens l'existence, je n'hésiterai pas, et je donnerai ma démission de député.

— Amaury, mon Amaury, dit le ministre au milieu de l'émotion la plus vive, quoi, tu serais capable d'un pareil dévouement, et tu prétends ne pas m'aimer? mais ton cœur dément tes paroles!

Le jeune député allait répliquer,. le duc ne lui en laissa pas le temps.

— Ce dévouement que j'admire et que je bénis, poursuivit-il, je ne l'accepte pas! non, Amaury. Moi, consentir à ce que vous vous dépouilliez de la gloire qui vous entoure, oh!

ce serait un crime mille fois plus grand, savez-
vous bien, que celui de vous avoir abandonné?
Cette gloire si noblement acquise, j'en suis fier
autant que vous, plus que vous, mon fils, et
je veux, oui je veux que vous la conserviez!

— Monsieur le ministre, dit le jeune député....

— Il n'y a plus de ministre devant vous,
interrompit monsieur de Rieux en se redressant
de toute sa hauteur, il n'y a plus qu'un homme :
ce que le devoir vous ordonnait de faire, ma
tendresse pour vous me l'a inspiré!

—Que dites-vous? reprit Amaury qui croyait
rêver.

— Vous me parliez il n'y a qu'un moment
de donner votre démission de député, continua
son père : eh bien! moi je vous ai prévenu,
et ce matin j'ai remis à l'Empereur ma démission de ministre.

— Quoi! il se pourrait? balbutia Amaury.

— En douteriez-vous? dit le duc; croyez-vous donc qu'entre la puissance et l'amour de mon enfant j'ai balancé? il fallait d'ailleurs que l'un de nous deux s'effaçat devant la gloire de l'autre, et je me suis effacé pour vous faire place.

Amaury était vivement ému. S'il n'eût écouté que son cœur, il se fût précipité dans les bras de son père. Le souvenir d'André le retint, et il se contenta de répondre au duc d'un ton parfaitement calme :

— Est-ce tout ce que vous avez à m'apprendre, monsieur?

Ces froides paroles pénétrèrent douloureusement jusqu'au fond de l'âme du ministre.

— Non, monsieur, reprit-il après un silence, j'étais venu pour vous parler d'une personne qui ne vous est point étrangère, et vous supplier de revenir sur la cruelle détermination que vous avez prise.

Le jeune député tressaillit.

— Monsieur le duc, interrompit-il en se faisant violence pour cacher son trouble, j'avais tout lieu de penser que mademoiselle d'Hauterive comprendrait que sa position et la mienne nous commandent à tous deux l'oubli du passé. Quant à moi, si cruelle que puisse paraître ma résolution — et il appuya sur ces mots — elle est irrévocable.

— Vous vous êtes résigné bien vite, monsieur, reprit le duc avec amertume : que vous vous fassiez le vengeur des anciens désespoirs de votre mère, poursuivit-il bientôt, après tout, je le conçois ; mais que vous brisiez le bonheur d'une pauvre enfant qui vous aime, c'est plus que de la cruauté, c'est un crime, oui, monsieur un crime ! Et si vous n'avez pas formé cet affreux projet dans le seul but de me rendre la perte de mon fils moins regrettable, la résolution que j'ai prise à votre égard, croyez-le bien, ne

me sera point aussi pénible que je l'avais craint
d'abord.

Ces dernières paroles éveillèrent au plus haut
point la curiosité du jeune député.

— Qu'entendez-vous par ces mots? répondit-il au ministre.

— Je vous l'expliquerai quand il en sera
temps, dit le duc avec fermeté : il s'agit pour
l'instant, monsieur, du bonheur ou du malheur de mademoiselle d'Hauterive, et il ajouta
plus bas : de sa vie ou de sa mort.

Amaury porta vivement la main à son visage
pour cacher l'émotion qui venait de s'y peindre.

Le duc devina sans doute ce qui se passait
dans l'âme de son fils, car il lui tendit la main
en disant :

— Au nom du ciel, Amaury, renoncez à
votre fatal dessein; grâce pour une pauvre enfant
que vous avez aimée, que vous aimez encore,
et que votre abandon conduirait au tombeau !

Amaury, ne rejetez pas les prières d'un vieillard qui vous demande la vie de sa fille! Amaury,
c'est votre bonheur, c'est celui de Marie que
mes larmes implorent de vous! ayez pitié de
vous, ayez pitié d'elle, de sa jeunesse, de son
amour, de son désespoir, et j'oublierai les pleurs
que vous m'avez fait répandre; oui, Amaury,
j'oublierai tout, je pardonnerai tout, et ma
bouche comme mon cœur n'aura plus que des
bénédictions pour vous! Amaury, Amaury, ne
détournez pas vos regards des miens; cette
main qui cherche la vôtre, ne la repoussez
point, c'est votre père qui vous supplie, c'est
votre père qui tombe à vos genoux!

Le duc de Rieux, en achevant ces mots, se
précipita aux pieds de son fils.

Le jeune député, à cette vue, laissa échapper
un cri qui semblait partir du fond de son cœur,
et il courut à son père afin de le relever.

— Non, murmura celui-ci au milieu de ses

larmes, non, je ne quitterai pas cette place
que vous n'ayez prononcé sur le sort de Marie !

— Ce que vous attendez de moi est impossible, dit Amaury après un long et pénible
combat.

— Impossible ! et pourquoi ? reprit le ministre.

— Parce que... parce que je ne peux pas
tuer André pour sauver Marie !

— Marie !.... mais je te la donne sans conditions, oui, sans conditions, s'écria monsieur
de Rieux.

— Il se pourrait ! interrompit le jeune député
frappé d'étonnement.

— Oui, répondit le duc en se relevant :
eh bien ! qu'attends-tu à présent ?

Amaury garda le silence.

— Je vous comprends, dit le ministre : vous
redoutez un piége caché derrière ma générosité;
enchaîné à moi par la reconnaissance, vous

avez peur que cette reconnaissance ne vous force à m'accorder plus tard le titre que vous m'avez refusé jusqu'à ce jour, n'est-ce pas?

Amaury garda de nouveau le silence.

— Je vous ai parlé tout-à-l'heure, poursuivit le vieillard, d'une résolution que j'avais prise, vous allez la connaître.

Il se dirigea alors vers le bureau de son fils.

Celui-ci le regardait avec des yeux où se lisait une surprise mêlée de curiosité.

Le duc s'assit, et il écrivit.

Amaury le regardait toujours.

Quand le ministre eut fini, il prit le papier sur lequel il venait d'écrire, et il le présenta au jeune député.

Amaury parcourut rapidement les premières lignes, et poussa un cri.

Le papier que lui avait remis monsieur de Rieux, était un acte par lequel il renonçait à tous ses droits paternels sur Amaury en faveur de monsieur Morin.

— Oh! si ce n'était pour André, s'écria le jeune député en baisant la main du vieillard, dès aujourd'hui je vous nommerais devant tous mon père, car vous êtes digne de l'être !

Le délire de la joie faillit devenir fatal au duc, son visage se couvrit d'une soudaine pâleur, ses yeux se fermèrent, et il tomba inanimé dans les bras de son fils.

Lorsqu'il reprit ses sens, il aperçut Amaury devant lui qui lui souriait.

— Ce n'est donc pas un songe, murmura-t-il, vous m'avez nommé votre père?

— Pas si haut, répondit le jeune député, André pourrait nous entendre...

— Et m'envier mon bonheur, n'est-ce pas? interrompit tristement le ministre.

— Ah ! ne l'accusez point, reprit Amaury, vous ne savez pas quel douloureux sacrifice sa tendresse pour moi lui a inspiré l'autre jour, je vous l'apprendrai plus tard.

— Plus tard ! dit monsieur de Rieux tout frémissant : nous nous reverrons donc ?

— Oui, répondit à voix basse Amaury.

— Quand cela ?

— Avant peu.

— Ici ?

— Non, chez vous.

— Oh ! Marie, Marie, tu vivras donc ! dit le vieillard en levant vers le ciel un regard plein de reconnaissance.

Le jeune député allait répliquer.

La porte s'ouvrit.

André parut. En voyant le duc il fit un mouvement pour se retirer.

Amaury s'élança vers lui, et lui remettant l'acte de renonciation.

— Tiens, prends, et lis, lui dit-il.

XV.

Un Rapprochement.

Amaury avait promis au duc de le revoir, et il lui tint parole. Rarement une semaine s'écoulait sans qu'il ne se rendît chez son père. Le nom de mademoiselle d'Hauterive n'avait point été prononcé encore dans les courtes visites du jeune député, mais ce nom se trouvait écrit en traits de feu sur ses lèvres et dans ses regards, et la pauvre enfant heureuse de sentir Amaury respirer dans le même air qu'elle, renaissait comme par enchantement pour la seconde fois à la vie.

André cependant avait remarqué les fréquentes absences de son fils d'adoption. Il en soupçonna vaguement les motifs, et, l'ayant suivi un jour, ses soupçons se changèrent en certitude.

Cette découverte le remplit de joie. Toutefois, il garda le silence, s'attendant à ce qu'Amaury lui ouvrirait son cœur.

Amaury demeura muet.

Voulant le forcer à lui révéler son secret, monsieur Morin prononça devant lui un jour, comme par hasard, le nom de Marie; une expression de sombre tristesse se peignit sur les traits du jeune député, et il ne répondit pas.

A partir de ce moment, un découragement

profond s'empara d'Amaury; trop épris de mademoiselle d'Hauterive qu'il avait revue, pour se condamner de nouveau à fuir sa présence, il ne se sentait pas le courage d'en faire sa femme, son cœur lui disait en vain que la renonciation de monsieur de Rieux à ses droits paternels devait suffire au repos d'André; l'inflexible voix de son devoir lui répondait que ce mariage, en le rapprochant du duc, porterait ombrage à la tendresse jalouse de son père d'adoption, et, dans la cruelle alternative de se sacrifier au bonheur de Morin, ou de sacrifier Morin à son bonheur, il n'hésitait pas à poursuivre l'œuvre de dévouement filial dont l'accomplissement lui était si douloureux.

Un soir qu'il s'était rendu à l'hôtel de Rieux sans y avoir rencontré ni le duc ni la duchesse, mademoiselle d'Hauterive qui n'était point prévenue de sa visite, entra au moment où il se disposait à se retirer.

C'était la première fois qu'ils se trouvaient seuls.

Ils s'arrêtèrent interdits l'un devant l'autre.

Une vive rougeur colora les joues de Marie.

Le cœur du jeune député battit bien fort.

Marie dont l'embarras redoublait à chaque instant, fit un mouvement pour se diriger vers la porte.

Amaury qui redoutait presque autant son départ que sa présence, n'osait ni la retenir ni la laisser s'éloigner. Cependant quand il la vit près de sortir, une réaction soudaine se fit en lui, et rejoignant mademoiselle d'Hauterive.

— Vous me fuyez? lui dit-il d'une voix doucement émue.

Marie se retourna vivement, et sa main qui se posait déjà sur la porte pour l'ouvrir, retomba aussitôt.

— Vous me haïssez bien, n'est-ce pas?

poursuivit le jeune député en arrêtant sur elle un regard empreint de repentir.

— La haine est un sentiment que mon cœur n'a jamais connu ni compris, répondit mademoiselle d'Hauterive d'un ton de simplicité touchante.

— J'ai cependant tout fait pour que vous me haïssiez, reprit Amaury, pour que vous me méprisiez, ajouta-t-il plus bas : vous aviez généreusement accueilli mon amour, et je vous en ai récompensée par la plus affreuse ingratitude !

— Oh! vous m'avez cruellement brisé le cœur, interrompit Marie : mais à quoi bon revenir sur le passé? poursuivit-elle : il n'entrait pas dans les desseins de Dieu sans doute que je trouvasse le bonheur où je l'avais placé, que la volonté de Dieu soit faite !

Il y avait tant de douleur et tant de résignation dans l'accent de mademoiselle d'Hauterive,

qu'Amaury ne put se contenir plus longtemps;
le secret qui l'étouffait s'échappa de ses lèvres
dans un cri qui partait du fond de son âme.

— O Marie, s'écria-t-il, Marie, je ne sais
si je dois vous admirer plus encore que je ne
vous aime.

— Que voulez-vous dire? répartit involontairement la jeune fille.

— Apprenez donc, reprit Amaury, que
j'ai menti lorsque je vous ai dit que je ne
vous aimais plus! oui, Marie, j'ai menti!
ah! vous ne savez point, vous ne saurez jamais
que de courage il m'a fallu pour prononcer
ces paroles. Vous étiez là, devant moi, vous
m'entendiez, je lisais dans la pâleur de votre
visage, dans votre surprise, dans votre effroi,
tout ce qui se passait en votre âme, et cependant j'ai persisté dans ce cruel mensonge! mon
cœur tout rempli de vous, était déchiré; je
sentais des larmes brûler mes yeux, j'aurais

voulu me jeter à vos pieds, vous crier que je
mentais, et cependant j'ai persisté dans ce
cruel mensonge! Pour pouvoir vous dire que
ce langage m'était commandé, j'aurais donné
ma vie, j'aurais donné mon honneur, et cependant j'ai persisté dans ce cruel mensonge!
ah! Marie, j'ignore ce que vous avez souffert,
je ne veux point le savoir, mais une chose
m'étonne, c'est que je ne sois pas mort de
douleur dans ce moment terrible!

L'étonnement de mademoiselle d'Hauterive
grandissait à chacune des paroles d'Amaury.

— Si vous ne pensiez point ce que vous
disiez, lui répondit-elle d'un air de doute,
pourquoi avoir parlé ainsi?

— Pourquoi? interrompit le jeune député:
mais André n'était-il pas là? il me fallait choisir
de lui ou de vous, renoncer à mon bonheur
ou détruire le sien, et je vous ai dit que je

ne vous aimais plus parce que je ne voulais pas tuer André.

— Mais, répliqua mademoiselle d'Haute-rive, monsieur Morin ne vous pressait-il point lui-même...

— De vous épouser, n'est-ce pas ? c'est vrai ; mais son cœur repoussait ce mariage que son dévouement me conseillait ;. il savait que je vous aimais, il me voyait triste, malheureux, et il me priait, il me suppliait de devenir votre époux, si je lui eusse obéi, Marie, aujourd'hui.... aujourd'hui je m'agenouillerais sur son tombeau ! et maintenant que vous savez pourquoi j'ai refusé votre main, répondez-moi : qu'auriez-vous fait à ma place ?

— J'aurais agi comme vous, Amaury, re-prit mademoiselle d'Hauterive sans hésiter.

— Oh ! merci, murmura le jeune député, merci, Marie, je n'en attendais pas moins de votre noblesse et de votre courage.

Puis, prenant la jeune fille par la main, il poursuivit bientôt d'une voix solennelle :

— Marie, écoutez ce que je vais vous dire, et gravez-le bien dans votre mémoire ; du jour où vous m'êtes apparue, Marie, je vous ai aimée. J'avais formé un rêve enivrant, vous savez comment il a été détruit. Deux fois près de voir mes plus chères espérances se réaliser il m'a fallu leur dire adieu, et mon amour a survécu à leur perte dans mon cœur deux fois brisé. La destinée fatale qui a entravé autrefois notre bonheur, l'anéantit sans retour aujourd'hui. Oui, Marie, je dois renoncer pour toujours à vous nommer ma femme, mais tant qu'un souffle d'existence fera battre mon cœur, vous seule y régnerez ; oui, à vous seule mes regards, mes pensées, mes adorations, à vous enfin mon âme tout entière ; mais ces regards ne vous apprendront plus combien vous m'êtes chère, mais ces pensées et ces adorations

ne monteront plus de mon âme à mes lèvres,
mais ma bouche sera muette devant vous, car
ma reconnaissance pour l'homme que j'appelle
mon père m'en fait un devoir.

— Votre silence, Amaury, ne me dira-t-il
pas éloquemment que mon souvenir n'est pas
sorti de votre mémoire? répondit mademoiselle d'Hauterive avec un accent angélique.

— Et il n'en sortira jamais, reprit avec
passion le jeune député.

— Eh bien! dit Marie en levant sur lui ses
beaux yeux pleins de mélancolie, vous voyez
donc bien que je puis être encore heureuse!

Amaury fit un mouvement pour porter à ses
lèvres la main de mademoiselle d'Hauterive.

— Oubliez-vous déjà, dit-elle en retirant sa
main, oubliez-vous vos résolutions de tout à
l'heure?

Amaury regarda tristement Marie, puis il se
retira sans pouvoir prononcer un mot. De re-

tour chez lui, il tomba dans une rêverie profonde; jamais son sacrifice ne lui avait paru
aussi cruel, jamais il ne s'était montré à lui
sous de plus sombres couleurs.

— O mon Dieu, s'écria-t-il tout à coup, et
en donnant un libre cours à sa douleur, mon
Dieu, donnez-moi au moins la force nécessaire
pour tenir mon serment!

Monsieur Morin qui était dans la pièce voisine, entendit ce cri d'amour et de désespoir.

Il pâlit, frémit, porta convulsivement, et à
plusieurs reprises, la main à son front baigné
d'une sueur froide, puis il regagna sans bruit
son appartement, et il passa une partie de la
nuit à former mille projets pour le repos et pour
le bonheur d'Amaury.

XVI.

Maître Evrard.

Une semaine s'écoula.

Amaury passait chez le duc de Rieux les courts instants qu'il pouvait dérober à ses travaux, — instants trop vite enfuis et toujours accompagnés d'amers regrets. Mademoiselle d'Hauterive parvenait quelquefois à remener un peu de calme dans l'âme du jeune député, mais dès qu'il était rentré dans sa solitude, ce calme faisait place au plus sombre désespoir.

André devinait toutes les souffrances de son fils, et, soit qu'il reculât devant une explication, ou que le silence lui fût commandé par le dessein qu'il méditait, il feignait de ne rien apercevoir.

Monsieur Morin, du reste, n'était plus, depuis quelque temps, ce père qui entourait autrefois son enfant d'une adoration incessante et presque jalouse. Indifférent à la douleur d'Amaury, du moins en apparence, il semblait mettre autant de soin maintenant à éviter sa présence que jadis il en mettait à la rechercher. Quand ils se trouvaient ensemble, à peine, de temps à autre, lui adressait-il une de ces douces paroles dont son affection avait été jusqu'à ce jour si prodigue. Entre eux, plus de ces causeries intimes, tendres épanchements du cœur, auxquelles chaque année qui s'écoule semble ajouter un charme toujours nouveau.

Le refroidissement subit et inexpliqué de Morin pour Amaury, n'était pas le seul changement qui se fût opéré en lui. Madeleine avait remarqué, non sans surprise, que son mari passait une partie de ses matinées courbé sur des chiffres, et que lorsque midi sonnait, il la quittait brusquement pour ne plus rentrer qu'à cinq heures.

La mélancolie sans cesse croissante de son fils, jointe à l'indifférence, aux étranges préoccupations et aux absences plus étranges encore de son mari, ne tarda pas à éveiller en elle les plus vives inquiétudes. Cependant elle eut le courage pendant quelque temps de souffrir et de se taire; mais un jour arriva où elle se trouva sans force contre sa douleur.

Et ce jour-là, elle se rendit auprès de monsieur Morin.

Il était, selon son habitude, accoudé sur une table, occupé à terminer un calcul.

— André, lui dit Madeleine en l'abordant sans la moindre hésitation, André, sais-tu bien qu'avant peu, si cela continue, nous n'aurons plus de fils?

Son mari la regarda d'un air distrait, et il lui répondit :

— Laisse-moi achever cette multiplication, puis je serai tout à toi.

— Il s'agit bien de chiffres, repliqua vivement madame Merin : il s'agit de notre enfant, de notre pauvre enfant, André.

— J'ai fini dans une minute, reprit André sans quitter ses calculs.

Madeleine ne put comprimer un mouvement d'impatience.

— En vérité, je ne te reconnais plus dit-elle bientôt : depuis quelques jours tu sembles étranger à tout ce qui devrait te toucher....

— Maintenant je t'écoute, interrompit André en refermant son portefeuille.

— Ces calculs t'intéressent donc bien fort, dit sa femme, qu'ils te font oublier ton fils?..

— Midi! reprit monsieur Morin, qui jeta un coup-d'œil sur la pendule : au revoir, femme.

Et il se disposa à sortir.

— Où vas-tu donc? lui dit Madeleine.

— Tu es bien curieuse?

— Je ne comprends plus rien à ta conduite, André, autrefois tu passais toutes les journées ici, et aujourd'hui....

— Je les passe dehors, interrompit Morin en riant.

— Pourquoi cela? dit Madeleine.

— Serais-tu par hasard jalouse?

— Enfin, ne puis-je savoir....

— Où je vais tous les jours de midi à cinq heures, n'est-ce pas?

— Oui, répondit Madeleine.

— C'est mon secret.

— Ah? fit madame Morin.

— Allons, voyons, reprit André, ne fronce pas le sourcil, je te dirai tout.... plus tard.

— Eh ne peux-tu me l'apprendre maintenant?

— Eh bien! je travaille pour le bonheur d'Amaury, Madeleine; et en ce moment, je suis en train de doubler nos capitaux.

— Je ne te comprends pas....

— Sache donc qu'il existe dans un quartier de Paris un endroit où un homme pauvre peut s'enrichir, où un homme riche peut devenir millionnaire, Madeleine, et je veux le devenir.

— Quoi! il se pourrait,... oh! mais non, c'est impossible, dit madame Morin frappée d'une pensée terrible.

— Achève, répondit froidement son mari.

— Est-ce que tu jouerais ? reprit Madeleine d'une voix défaillante.

— Oui et non, dit Morin sans changer de ton.

— Ah! je t'en supplie, tire-moi d'un doute : dans quel lieu te rends-tu tous les jours?

— Dans un lieu, ma femme, que fréquentent habituellement les plus riches financiers et les plus honorables capitalistes de la ville.

— Et ce lieu, comment l'appelle-t-on?

— La Bourse.

Madeleine sentit sa poitrine dégagée du poids qui l'oppressait. Cependant elle n'était pas complètement rassurée.

— Et que fait-on à la Bourse, reprit-elle bientôt.

— On spécule sur les fonds publics, sur les événements du jour, on joue à la hausse ou à la baisse : mais tranquillise-toi, ma femme, lorsqu'on est riche comme je le suis, et prudent comme je l'ai toujours été, on ne court aucun risque de se ruiner. Allons, poursuivit-il, il est midi dix minutes, on m'attend, et je te laisse.

— Amaury n'est-il donc pas assez riche, dit Madeleine en retenant son mari.

— Assez, oui, pour un homme ordinaire, mais pas suffisamment pour lui qui est appelé sans doute à une haute position, pour lui qui peut plus tard contracter une brillante union, pour lui....

— André, sais-tu bien que tu me fais peur? interrompit Madeleine : oui, je te trouve si changé, depuis huit jours surtout.... autrefois tu n'avais qu'une pensée, ton fils... aujourd'hui tu ne t'en occupes plus; autrefois tu n'aurais pu demeurer une heure sans le voir, aujourd'hui tu restes des journées entières sans lui adresser la parole....

— Je fais mieux que cela, reprit monsieur

Morin, je travaille à le rendre millionnaire.

— Que ne songes-tu plutôt à lui rendre le bonheur? s'écria involontairement Madeleine.

Le coup porta droit au cœur d'André; cependant il cacha la douleur qu'il ressentit sous un air riant, et il répondit à sa femme :

— N'est-il donc pas heureux?

— André, André, tu n'aimes plus Amaury, poursuivit madame Morin, car si tu l'aimais, tu saurais bien qu'il souffre !

— Et que lui manque-t-il donc?

— Tu me le demandes? mais oublies-tu qu'il aime mademoiselle d'Hauterive?

— S'il l'aimait, il l'aurait épousée.

— Tu n'as donc pas compris pourquoi il ne l'a point fait?

Monsieur Morin tressaillit, mais bien décidé à dérober à sa femme les pénibles sentiments qui l'agitaient, il regarda tranquillement la pendule en disant :

— Midi vingt minutes !

Madeleine ne put se contenir plus longtemps.

— André, dit-elle à son mari, si j'étais à
ta place, et qu'Amaury me fut devenu indifférent, je sais bien ce que je ferais...

— Et que ferais-tu ?

— Je le rendrais à son véritable père !

A peine eut-elle prononcé ces paroles, qu'elle
courut vers la porte et sortit.

André demeura pendant quelques secondes
immobile à sa place, la pâleur de son visage et
la sombre expression de ses traits racontaient
éloquemment la violence qu'il s'était faite pour
ne pas se justifier devant sa femme de ne plus
aimer Amaury. Il leva bientôt les yeux vers
le ciel.

— Dieu puissant, dit-il d'une voix étouffée,
toi qui lis dans le cœur des hommes, tu sais
si je n'aime plus mon enfant !

Et, presqu'aussitôt, il ouvrit la porte et s'élança sur l'escalier.

Quand il fut arrivé au coin de la rue du Bac, il se retourna pour voir si Madeleine ne l'avait point suivi; puis, au lieu de traverser le pont qui était devant lui pour gagner la place du Carrousel, et de là se rendre à la Bourse où il prétendait aller tous les jours, il longea le quai jusqu'à la rue de Bourgogne; parvenu à la hauteur de la rue de l'Université, il s'arrêta devant une maison de simple apparence.

Le second étage de la maison devant laquelle monsieur Morin venait de s'arrêter, était loué à un vieux notaire. Maître Evrard, par son costume, par la rigidité de ses mœurs et par sa probité, rappelait ces dignes magistrats aux dépens desquels notre scène française s'est tant de fois égayée, et dont le type n'existe plus aujourd'hui qu'à l'état de souvenir. Vous auriez cru, en le regardant, voir se dresser devant vous

un de ces antiques portraits de famille exhumé
tout à coup du grenier où il séjournait depuis
cent ans. Douze lustres avaient passé sur sa tête
sans la courber. Sa taille était haute et droite,
son corps sec mais vigoureusement charpenté.
Ses traits respiraient une bienveillance qui
n'avait rien d'affecté. Ses yeux surmontés d'un
arc épais de sourcils chatains, étaient d'un gris
tendre, et pleins de feu. Ses lèvres minces et
fortement colorées annonçaient de la finesse,
mais sans méchanceté. Son costume se compo-
sait, en toutes saisons, d'un habit marron
arrondi à la base, et lui allant à mi-jambes,
d'un gilet de velours de même couleur tombant
jusqu'à la ceinture, d'une culotte noire, de bas
de laine foncée et de souliers à boucles d'argent.
Si vous voulez compléter ce portrait, il vous
suffira de couvrir son chef vénérable de cheveux
poudrés s'allongeant sur le cou pour venir s'em-
prisonner dans une bourse de soie noire. Cou-

ronnez maintenant cette tête blanche d'un feutre
bas et rond, placez dans cette main osseuse la
canne traditionnelle à pomme d'ivoire, et devant
vous posera dans toute sa gravité magistrale
maître Evrard, le doyen des notaires de Paris
en 1811.

Intègre continuateur des sévères principes
des notaires qui florissaient avant la révolution,
maître Evrard exerçait depuis quarante ans,
et possédait pour toute fortune une réputation
de loyauté et d'honneur devenue proverbiale.
La profession qu'il avait embrassée, était à
ses yeux la plus belle qui fût au monde, et il
l'aimait avec une passion qui tenait de l'idolâ-
trie. Arrivé à un âge où il eût dû se retirer des
affaires et, grâce au produit de la vente de son
étude, connaître enfin cette médiocrité dorée
qui rend la vie facile et heureuse, il avait vingt
fois refusé de céder à prix avantageux sa nom-
breuse clientèle. Il mettait sa vie et son bon-

heur dans les vingt pieds carrés de son cabinet. C'était là que s'étaient écoulés sa jeunesse et son âge mûr, c'était là qu'il voulait mourir. Son étude renfermait jour par jour, heure par heure, l'histoire de sa vie laborieuse et honorable, et elle était pour lui une amie qu'il ne pouvait se résoudre à abandonner. Maître Evrard était, en un mot, l'antipode des notaires pimpants et frisés d'aujourd'hui, braves jeunes gens qui, les mains dans leurs poches et les pieds dans leurs pantoufles, reçoivent le client dans un salon luxueux de neuf à onze heures du matin, et, le soir, le lorgnon sur l'œil, rivalisent d'élégance et de bons mots, au balcon des Italiens, avec les Turcarets du dix-neuvième siècle, lorsqu'ils ne sont pas en chasse après la dot qui doit payer leur étude.

Maître Evrard offrait à monsieur Morin toutes les garanties désirables pour l'accomplissement du projet qu'il avait formé, et ce fut à lui qu'il résolut de s'adresser.

Il entra dans la maison où demeurait le digne notaire, monta deux étages, aperçut à gauche, sur le carré, une porte surmontée de deux écussons en cuivre, tourna un bouton, et se trouva dans une vaste pièce occupée par sept ou huit jeunes gens qui écrivaient.

— Monsieur E. rar est-il visible? demanda-t-il à l'un d'eux.

— Il est en conférence, monsieur, répondit le maître clerc.

— Croyez-vous qu'il soit retenu longtemps encore?

— Je ne le pense pas.

— En ce cas j'attendrai.

André s'assit.

Un quart-d'heure environ après, maître Evrard sortit de son cabinet et reconduisit le visiteur dont il venait de prendre congé.

Morin se leva, et s'adressant au vieux notaire au moment où il se disposait à rentrer chez lui :

— Monsieur, lui dit-il, je désirerais vous parler.

Maître Evrard ne répondit pas, mais il poussa la porte de son cabinet et fit passer courtoisement monsieur Morin devant lui.

Lorsqu'André fut dans le cabinet du notaire, celui-ci lui offrit un siége sans prononcer un mot, et le regarda d'un air qui, dans tous les idiomes connus, eût signifié : Je vous écoute.

Morin interpréta sans peine le sens de cette pantomime expressive.

— Monsieur, dit-il à maître Evrard, je n'ai pas l'honneur d'être connu de vous, je me nomme Morin, et je viens vous consulter sur un projet que je voudrais mettre à exécution.

Le vieux notaire rapprocha son fauteuil de la chaise d'André qui poursuivit en ces termes :

— Je possède une fortune de vingt mille francs

de rentes , monsieur, sans compter une pro-
priété de cent cinquante mille francs que j'ai
passée sur la tête de mon fils, monsieur Morin,
membre de la chambre des députés. Pour des
motifs qu'il serait trop long de vous exposer ici,
j'ai converti en espèces ces vingt mille francs de
rentes. Ce portefeuille renferme, continua-t-il,
quatre cent soixante-deux mille francs, produit
de la vente d'actions sur la banque de France et
de coupons sur l'Etat. J'ai résolu de faire deux
parts de cette somme, et d'en disposer de la façon
suivante : la première, qui sera de cent soixante-
deux mille francs sera remise par vous , dans
un mois, à ma femme ; vous garderez la seconde
jusqu'à ce que je vienne moi-même vous la
redemander,... et si deux années se passent
sans que vous ne m'ayez revu, à l'expiration de
la seconde année vous restituerez la moitié de ce
dépôt de trois cent mille francs à ma femme, et
l'autre à mon fils, en échange du reçu que vous

me donnerez tout-à-l'heure si vous consentez à
vous charger du dépôt que voici.

En prononçant ces paroles, il sortit de son
portefeuille une liasse de billets de banque.

Maître Evrard regarda fixement monsieur
Morin, puis, après un silence.

— Est-ce tout? lui demanda-t-il.

— Non,.... j'oubliais de vous dire, répondit
André d'un air quelque peu embarrassé, que
si par hasard ma femme vous adressait quelques
questions relatives aux cent soixante-deux mille
francs, il est inutile, quoiqu'il arrive d'ici là,
de lui parler des trois cents autres mille francs;
qui resteront en vos mains; j'ai des raisons pour
qu'elle, ou mon ..s, n'ait point connaissance
de ce dépôt avant deux ans.

— J'attendais cette recommandation, répliqua froidement le notaire.

— Pourquoi? reprit monsieur Morin.

— Pour vous dire que je ne veux point être

le dépositaire de votre fortune; non, monsieur, ajouta maître Evrard, il ne me plaît de me faire le complice des projets mystérieux que vous avez formés; reprenez cet argent et portez-le ailleurs !

Le vieux notaire ayant ainsi parlé, se leva pour faire comprendre à André qu'il eût à se retirer.

André cependant ne paraissait point disposé à sortir, le front appuyé sur sa main gauche, il réfléchissait aux paroles de maître Evrard, lorsque celui-ci lui présenta le portefeuille qui était demeuré sur la table.

Morin leva la tête, et prenant le portefeuille que lui tendait le notaire :

— Je ne m'explique pas votre refus, lui dit-il.

— Vous trouvez vos instructions tout ordinaires?

— Sans doute, monsieur : à la veille de

quitter ma femme et mon fils pour longtemps,
pour toujours peut-être ; ajouta-t-il , car personne ici-bas ne peut, sans danger d'être démenti , répondre qu'il vivra le lendemain ,
j'avise prudemment à ce que ma fortune re-
vienne un jour aux miens , je m'adresse à vous
pour ce dépôt considérable parce que votre réputation de probité est justement fondée, et cette
conduite vous étonne , mais qu'a-t-elle donc de
si étrange , monsieur ?

— Puisque votre intention n'est point de
fruster votre fils et votre femme de votre fortune,
répondit maître Evrard , pourquoi ne pas faire,
comme cela se pratique tous les jours , un tes-
tament en leur faveur? si les craintes que vous
manifestiez tout-à-l'heure se vérifiaient, et que
vous vinssiez à mourir dans le voyage que vous
allez entreprendre, tout serait en règle , et votre
femme et votre fils hériteraient sur-le-champ.

— Et c'est précisément ce que je ne veux pas, interrompit monsieur Morin.

— Je le sais bien, répliqua le vieux notaire, et à moins que vous ne craigniez que vos héritiers naturels ne dissipent votre fortune, rien ne pourrait justifier cet intervalle de deux années que vous voulez mettre entre la restitution du premier dépôt et celle du second.

— Amaury, Madeleine, dissiper ma fortune! s'écria involontairement André : oh! vous ne les connaissez pas, monsieur!

— Eh bien! alors, votre précaution devient inutile, reprit maître Evrard.

— Enfin, si j'ai une raison.... une raison puissante pour agir de la sorte?

— Cette raison, monsieur Morin, vous me la confierez, sinon vous pouvez garder votre argent.

André tressaillit, se leva sans proférer un

moi, serra son portefeuille et se dirigea vers la porte.

— Soyez sincère, lui dit le notaire qui venait de le rejoindre : n'est-ce pas que vous avez conçu quelque fatal dessein?

Morin s'arrêta brusquement.

— Je vous ai deviné depuis long-temps, poursuivit maître Errard ; ainsi, toute dénégation de votre part ne me dissuaderait pas ; ce dessein, quel qu'il soit, je ne demande pas à le connaître, mais je tiens seulement à vous avertir que vous ne trouverez aucun de mes confrères disposé à recevoir votre dépôt, dans les conditions où vous prétendez le faire.

— Puisqu'il en est ainsi, monsieur, dit André après un silence, je vous ouvrirai mon cœur; oui, vous saurez les motifs qui me font agir, et lorsque vous m'aurez entendu, vous accepterez où vous refuserez, selon qu'il vous conviendra, le dépôt de ma fortune.

Et, sans attendre la réponse du vieux notaire,
il revint sur ses pas et se replaça sur son fauteuil.

— Voyons, dit maître Evrard en s'asseyant.

— Mais vous me promettez, monsieur, que
cette confidence demeurera entre vous et moi?

— J'ai entendu depuis quarante ans bien des
confessions de toutes sortes, monsieur, répondit
d'un ton grave le notaire, et, au jour du ju-
gement dernier, il ne me sera point reproché
là-haut de les avoir trahies.

— Eh bien ! monsieur, prêtez-moi donc toute
votre attention.

Maître Evrard écouta la confidence d'André
dans un profond recueillement. Pendant ce récit
qui fut long et plein d'une simplicité touchante,
l'expression de la physionomie du notaire trahit
à plusieurs reprises le plus vif attendrissement ;
deux fois même une larme mouilla sa paupière,
mais nulle parole sortie de sa bouche ne vint

interrompre la révélation terrible de monsieur
Morin.

Lorsqu'André eut cessé de parler, maître
Evrard lui prit la main en disant :

— Je ne sais si je dois plus vous admirer que
vous plaindre.

— Ainsi, vous consentez, monsieur, à devenir le dépositaire de ma fortune ? répondit
Morin.

— Oui.

— Oh ! merci ! merci, murmura André
vivement ému.

— Et quand pensez-vous exécuter votre
projet ? reprit bientôt le notaire.

— Demain, répondit Morin d'une voix ferme.

— Laissez-moi voir votre fils, répliqua
maître Evrard : laissez-moi lui parler, j'ai la
conviction qu'il fera ce que vous voulez.

— Détrompez-vous, monsieur, interrompit
André : sa résolution est immuable, et je l'estime

trop pour supposer un moment que vous, qui
lui êtes étranger, puissiez obtenir de lui ce qu'il
a obstinément refusé aux prières d'un père, aux
larmes de sa mère, et au désespoir de la jeune
fille qu'il aime.

— Monsieur Morin, vous n'accomplirez pas
votre dessein! s'écria tout-à-coup le vieux
notaire en se levant : non, vous ne l'accomplirez pas! si ce n'est pas la crainte de Dieu
qui vous arrête, ce sera votre tendresse pour
votre femme, ce sera votre affection pour l'enfant qui vous nomme son père; non, non,
vous ne l'accomplirez pas, car vous ne voudrez
pas faire le malheur de ceux que vous aimez.

André compta froidement les billets de banque
qu'il venait de tirer de son portefeuille, et il
les présenta à maître Evrard.

Celui-ci parut hésiter, puis il prit une plume
et fit deux reçus qu'il donna à monsieur Morin,

l'un de trois cent mille francs, l'autre de cent soixante-deux mille.

— Adieu, monsieur, lui dit André en lui tendant la main, adieu et merci.

— Non pas adieu, mais au revoir, répondit le vieux notaire; oui, j'ai le pressentiment que nous nous reverrons.

Un sourire doux et triste à la fois, fut toute la réponse d'André.

Quelques minutes plus tard, il longeait la rue de Bourgogne, l'âme toute remplie de sombres pensées.

XVII.

L'amour d'un Père.

Amaury cependant, si absorbé qu'il fût par son immense désespoir, n'avait pas tardé à s'apercevoir du changement de monsieur Morin. S'abusant sur la cause réelle de ce changement subit, il l'attribua à l'abandon dans lequel il laissait son père adoptif, et touché de compassion et de repentir, il prit la résolution de redevenir pour lui ce qu'il était autrefois. Ce fut dans ces dispositions qu'il s'offrit à André le jour même où ce dernier s'était rendu secrètement auprès de maître Evrard.

Monsieur Morin, de son côté, tout en regagnant sa demeure, avait eu le temps de songer qu'un rapprochement immédiat entre Amaury et lui était indispensable, s'il voulait accomplir le lendemain le projet qu'il avait formé. De retour chez lui, il se rendit tout droit à l'appartement de son fils ; celui-ci n'y était point. André revenait sur ses pas, lorsqu'il crut entendre parler dans la chambre de Madeleine. Il s'arrêta pour écouter, et la voix de son fils frappa son oreille. Il ouvrit la porte, entra, et aperçut Amaury auprès de madame Morin.

Le jeune député, à la vue de son père, se leva aussitôt pour aller au-devant de lui.

— Arrive donc, lui dit-il presque gaiement,

ma mère et moi, nous sommes en grande discussion depuis une heure.

— Ah ! et de quoi s'agit-il ? répondit Morin
sur le même ton.

— Assieds-toi là, reprit Amaury en avançant un fauteuil, écoute-nous avec l'impar-
tialité d'un juge intègre, et prononce.

— Je crains bien sans savoir de quoi il est
question, ma pauvre Madeleine, que ton procès
ne soit aux trois quarts perdu, dit André à sa
femme ; mais aussi, comment t'avises-tu de
plaider contre un ex-avocat ?

Madeleine était si surprise de l'étrange mé-
tamorphose qui s'était opérée depuis le matin
dans le langage et dans les manières de son fils
et de son mari, qu'elle demeura pendant quelques secondes sans pouvoir trouver une parole.

— Tu ne réponds pas ? t'avouerais-tu déjà
vaincue ? reprit Morin toujours sur le même
ton.

— Non, non, dit vivement Madeleine : et
je soutiens que jamais bon avocat n'eut jamais
pire cause à défendre qu'Amaury ; et si le
tribunal devant lequel nous comparaissons lui
et moi, ajouta-t-elle me donne tort, je ne me
tiendrai pas pour battue, et j'en appellerai à
d'autres juges.

— Bravo ! reprit Morin en riant si naturel-
lement que sa femme et son fils se laissèrent
prendre à cette feinte gaieté, bravo ! voici un
exorde qui promet un piquant débat.

— Tu sauras d'abord, dit Amaury en s'ef-
forçant de se mettre à l'unisson d'André, que
ma mère et moi nous avons résolu de passer la
belle saison à la campagne ; c'est un caprice,
une folie, en un mot, c'est tout ce que tu vou-
dras, mais c'est une chose irrévocablement
arrêtée.

— Ah! fit monsieur Morin d'un air qui
signifiait : nous verrons.

— C'est comme cela, poursuivit le jeune
député, et bon gré mal gré, il faudra t'y sou-
mettre, d'abord parce que nous sommes deux
contre un, ensuite parce que ma mère a,
je le crains bien, le mal du pays....

— Vraiment, dit André.

— Oui, le séjour de Paris me pèse, répondit Madeleine, je ne respire pas dans cette at-
mosphère épaisse qui m'entoure, ce bruit et ce
mouvement sans cesse renaissants me sont in-
supportables, et je soupire après le moment
heureux où je pourrai me retrouver au milieu
des bois, du silence et de la solitude.

Un sombre souvenir sembla passer devant les
regards de monsieur Morin.

— Tu as raison, Madeleine, dit-il avec un
soupir, ce n'est pas à Paris qu'il faut venir
chercher le bonheur. Ainsi donc, continua-t-il
bientôt d'un air de bonne humeur admirable-

ment joué, Amaury et toi vous avez décidé que nous irions à la campagne?

— Oui, mon père, répondit son fils, et nous nous sommes mis en quête de l'endroit où nous nous fixerons.

— Quant à moi, dit Madeleine, j'ai proposé Montmorency.

— Et moi, le charmant village de Montfermeil, repartit Amaury.

— De là notre discussion, ajouta madame Morin.

— Je ne conteste pas les mérites de Montmorency, reprit le jeune député : j'ai gravi plus d'une fois ses côteaux pittoresques, plus d'une fois j'ai parcouru ses vallées, admiré sa forêt, Enghien avec son lac, Aubonne et Andilly qui semblent sortir d'un bouquet de feuillages ; Montmorency, j'en conviens, est un bijou, mais il a trop d'admirateurs, trop de visiteurs, et surtout trop de promeneurs ! Le refuge que je te propose, au contraire, est un village bien humble, bien modeste; caché à tous les regards, à quelques lieues de la capitale, nos élégants du jour le dédaignent parce qu'ils ne le connaissent pas; là, point d'oisifs, point de commis-marchands en bonne fortune, de grisettes en partie fine, c'est calme, c'est silencieux, et d'une tristesse....

— Eh voilà précisément pourquoi je ne veux pas l'habiter, interrompit vivement Madeleine.

— Mais puisque tu hais le bruit, le mouvement, le monde, dit Amaury...

— Ce n'est pas une raison pour que je me condamne à mourir d'ennui dans ta solitude de Montfermeil, répliqua madame Morin.

— Allons, allons, je vais vous mettre d'accord, dit joyeusement André. Montmorency est trop peuplé, Montfermeil trop désert, eh bien! nous n'irons ni à Montfermeil, ni à Montmorency.

— Et que nous offriras-tu à la place? répondit le jeune député.

— Un des environs de Paris le plus charmant qui soit au monde; de grands bois l'entourent, le cerf, le daim et le chevreuil errent sous leurs allées ombreuses en toute liberté; situé sur une hauteur, il a à ses pieds une petite ville, à quelques pas un parc magnifique rempli de promeneurs, et tout auprès de ce parc la Seine. La solitude vous attriste-elle, vous avez sous la main toutes les distractions de la capitale; êtes-vous fatigué de ces distractions, vous gravissez un côteau et rentrez dans votre solitude.

— Et quelle est cette merveille? dit Amaury avec curiosité.

— Comment l'appelle-t-on? reprit Madeleine.

— Bellevue, reprit monsieur Morin. Placé sur le sommet d'une colline, et entouré de bois, Bellevue d'un côté domine Paris, de l'autre il s'appuie sur la petite ville de Sèvres, contemple le parc de St.-Cloud, et voit à ses pieds couler les eaux limpides de la Seine.

— Eh bien? qu'en penses-tu, ma mère? dit Amaury à madame Morin.

— C'est demain dimanche, poursuivit André, allons tous les trois demain passer la journée à Bellevue.

— Je le veux bien, dit Madeleine.

— Et moi aussi, reprit Amaury.

— C'est convenu, dit monsieur Morin.

Et ils se séparèrent.

A peine rentré dans son appartement, le jeune député sembla se transfigurer. A sa gaieté factice succéda bientôt un accablement profond, et il retomba dans sa mélancolie accoutumée.

Quant à monsieur Morin, il était temps qu'il partît. Ce rôle d'homme heureux qu'il lui avait fallu jouer pendant une grande heure pour assurer l'exécution de son dessin, lui pesait, et il avait hâte de jeter le masque dont il s'était pour un moment couvert le visage.

Madeleine, qui n'avait vu dans le changement étrange et inespéré de son mari et de son enfant qu'un retour sur eux-mêmes, était heureuse et pleine de confiance en l'avenir.

Le lendemain Amaury, André et Madeleine étaient debout dès les huit heures du matin. La joie éclatait dans leurs regards. Le ciel, comme s'il eût voulu être de moitié dans la fête projetée par la petite famille, resplendissait d'azur. C'était une de ces belles journées de mai où la nature dépouillée de ses sombres vêtements de l'hiver se montre dans toute la parure et dans toute la jeunesse du printemps. Pas un nuage n'attristait les yeux, un air tiède et limpide fesait trembler les rameaux verdoyants des arbres, les fleurs s'épanouissaient avec coquetterie en exhalant les plus doux parfums, et les rayons du soleil avaient atteint cette force qui réchauffe le corps sans l'énerver. Cette matinée enfin semblait être tout à la fois un adieu de la terre et du ciel à la saison des frimats qui finit, et un salut aux beaux jours qui commencent.

— Eh bien ! quand déjeunerons-nous, Madeleine ? dit joyeusement Morin à sa femme.

— A quelle heure veux-tu donc partir ? répondit madame Morin.

— Mais à dix heures au plus tard.

— En ce cas, nous n'avons pas une minute à perdre, reprit Amaury, et je vais donner des ordres pour que nous nous mettions bientôt à table.

— Et comment irons-nous à Bellevue ? poursuivit Madeleine.

— A pied, répliqua le jeune député.

— Joli moyen pour ne rien pouvoir visiter, interrompit André : non, non, continua-t-il, je ne veux pas que nous arrivions accablés de fatigue, d'ailleurs c'est moi qui ai proposé cette partie de plaisir, et je la réglerai comme bon me semblera. Tu vas de ce pas rentrer chez toi pour t'habiller, Amaury; toi, Madeleine, occupes-toi sans retard de notre déjeûner, et moi, pendant ce temps, j'aviserai au moyen de vous éviter l'ennui et la lassitude de deux bonnes lieues de marche. Au revoir et à bientôt.

Monsieur Morin se rendit sur-le-champ chez un loueur de voitures, rue Basse-du-Rempart, fit choix d'une calèche, monta dedans, et ordonna au cocher de le conduire rue de Richelieu. Arrivé devant le magasin de Lepage, il descendit de voiture, entra dans la boutique du célèbre armurier, y fit emplète d'une paire de pistolets de tir, et regagna sa demeure. Chemin faisant, il souleva sans bruit, de façon à ne point éveiller la curiosité du cocher, le coffret de sa voiture, plaça au fond les pistolets, et reprit tranquillement sa place. Parvenu au coin de la rue des

Sainte-Pères, monsieur Morin mit pied à terre, après avoir dit au cocher de l'attendre.

Lorsqu'il rentra chez son fils, il trouva le déjeûner servi.

Le repas achevé, tout le monde partit.

À peine Madeleine eut-elle franchi le seuil de la porte cochère, qu'elle aperçut la calèche arrêtée devant la maison.

— Quel dommage, dit-elle, en jetant un regard de convoitise sur cette voiture, quel dommage qu'elle ne soit pas à nous.....

— Qu'à cela ne tienne, répartit monsieur Morin en souriant.

Et il dit au cocher d'avancer.

Celui-ci ouvrit la portière.

— Es-tu fou ? s'écria Madeleine avec un étonnement mêlé de crainte.

— Monte donc, interrompit André en lui offrant courtoisement la main.

Madeleine était demeurée immobile.

Le jeune député qui avait deviné le mystère, ne put, en présence de la surprise craintive de madame Morin garder plus longtemps son sérieux. Il partit d'un fol éclat de rire.

— Allons donc, dit André en poussant doucement sa femme sur le marchepied.

Madeleine se décida enfin à monter.

Morin la suivit, et se plaça à côté d'elle. Amaury s'assit en face d'eux. Puis le cocher fouetta ses chevaux.

La conversation s'engagea bientôt. Madame Morin tout entière à sa joie, la laissait éclater avec un abandon charmant. André répondait gaiement aux propos de sa femme, et ou les provoquait par d'incessantes attaques, et Amaury semblait avoir trouvé, pour un moment du moins, dans le bonheur de ceux qu'il aimait, un refuge contre ses douloureux souvenirs.

Cependant ils venaient d'atteindre le bois de Boulogne; ils le traversèrent au galop. Ils eurent bientôt laissé derrière eux le pont de St.-Cloud, puis le pont de Sèvres, et ils se trouvèrent à la montée de Bellevue.

Parvenu au sommet de la montagne, la calèche, sur un signe d'André, s'arrêta et l'on descendit.

— Maintenant viens par ici, dit monsieur Morin à sa femme.

Et il la conduisit à la terrasse de Bellevue.

Cette terrasse est construite, comme on le sait, sur le versant du village. De sa plate-forme, le regard plonge sur les eaux argentées de la Seine qui coule en serpentant au milieu d'îles et d'îlots pittoresques. A peu de distance, sur la gauche, on voit les cimes séculaires des grands chênes du parc de St.-Cloud. En inclinant un peu à droite, on aperçoit le Mont-Valérien remplacé aujourd'hui par un fort, puis, en face, Paris qui se dresse comme un géant de pierre, et, à l'horison, des bois, des collines et des montagnes s'allongeant à l'infini et se perdant enfin dans un lointain vaporeux.

Absorbée dans la contemplation de ce merveilleux spectacle, Madeleine ne pouvait en détacher ses yeux; Amaury lui-même paraissait ravi; André était tout radieux.

— Eh bien! dit-il à sa femme.

— Je n'avais rien rêvé d'aussi beau, répondit-elle.

— Suis-moi, reprit André.

Ils n'avaient pas fait cent pas, que Madeleine s'arrête de nouveau.

— Quel est donc ce château que je vois là-bas? dit-elle à son mari.

— C'est l'ancienne demeure des dames de France, répondit monsieur Morin, le château de Meudon; tu le visiteras un autre jour.

Et il l'entraîna sous une longue avenue.

Quelques instants plus tard, ils se trouvaient au milieu des bois.

Le printemps se déployait là dans toute sa
pompe et dans toute sa beauté. D'immenses
allées s'étendaient à perte de vue, abritées sous
des dômes de feuillages. Des mousses et des ga-
zons humides encore d'une bienfaisante rosée,
montaient de douces senteurs qui se répandaient
dans l'air. Un souffle léger courbait gracieusement les rameaux des arbres qui miroitaient sous
les feux du soleil. Mais qui ne connaît point Bellevue aujourd'hui? Quel Parisien n'a pas parcouru ses bois, ses avenues, ses labyrinthes, tantôt
s'élevant en collines, tantôt s'abaissant en vallées,
et d'où le regard émerveillé embrasse à tout
instant les tableaux les plus opposés et les plus
éblouissantes perspectives? Quel étranger n'est
pas venu s'asseoir au bord de ces étangs pittoresques, où de longs saules baignent leur feuillage
éploré? Changeant et mobile comme le ciel, le
sol varie incessamment de forme et de sites. Les
accidents de terrain semblent éclore à l'envi dans

Où cours-tu donc ainsi ? lui demanda le jeune député qui venait enfin de le rejoindre.

— Voici justement une maison à louer, dit André évitant de répondre à la question d'A- maury, entrons et visitons-la.

Ayant prononcé ces mots, il tira une sonnette, et, quelques secondes plus tard, la grille qui le séparait de la délicieuse habitation près de laquelle il s'était arrêté, s'ouvrait devant lui.

Madeleine après avoir exploré la maison et le magnifique jardin qui en dépendait, se retira enchantée. Sans son mari et sans son fils, elle eût loué sur-le-champ cette maison. Elle se rendit enfin à leurs observations, et elle ajourna sa décision à une seconde visite.

Ils rejoignirent tous trois leur voiture, et montèrent dedans.

— Repartons-nous déjà pour Paris ? dit tout à coup André du ton le plus naturel.

— Mais il me semble que nous n'avons plus

rien à faire ici, répondit le jeune député.

Morin tira sa montre.

— Il est trois heures, poursuivit-il, promenons-nous jusqu'à cinq dans le parc de St.-Cloud, et de là nous irons dîner à la *Tête-Noire*, pour terminer joyeusement notre journée. Cela vous convient-il?

Cette proposition fut accueillie comme elle méritait de l'être, avec empressement.

— Une autre idée, reprit bientôt André : il y a à Sèvres un traiteur, la Seine est à cent pas de nous, que pensez-vous d'une promenade en bateau?

— Oui, oui, faisons une promenade en bateau, dit madame Morin toute joyeuse.

— Est-ce ton avis? dit Morin au jeune député.

— A une condition, répondit Amaury en souriant, c'est que ma mère n'aura pas peur sur l'eau.

Où cours-tu donc ainsi? lui demanda le jeune député qui venait enfin de le rejoindre.

— Voici justement une maison à louer, dit André évitant de répondre à la question d'Amaury, entrons et visitons-la.

Ayant prononcé ces mots, il tira une sonnette, et, quelques secondes plus tard, la grille qui le séparait de la délicieuse habitation près de laquelle il s'était arrêté, s'ouvrait devant lui.

Madeleine après avoir exploré la maison et le magnifique jardin qui en dépendait, se retira enchantée. Sans son mari et sans son fils, elle eût loué sur-le-champ cette maison. Elle se rendit enfin à leurs observations, et elle ajourna sa décision à une seconde visite.

Ils rejoignirent tous trois leur voiture, et montèrent dedans.

— Repartons-nous déjà pour Paris? dit tout à coup André du ton le plus naturel.

— Mais il me semble que nous n'avons plus

rien à faire ici, répondit le jeune député.

Morin tira sa montre.

— Il est trois heures, poursuivit-il, promenons-nous jusqu'à cinq dans le parc de St.-Cloud, et de là nous irons dîner à la *Tête-Noire*, pour terminer joyeusement notre journée. Cela vous convient-il ?

Cette proposition fut accueillie comme elle méritait de l'être, avec empressement.

— Une autre idée, reprit bientôt André : il y a à Sèvres un traiteur, la Seine est à cent pas de nous, que pensez-vous d'une promenade en bateau ?

— Oui, oui, faisons une promenade en bateau, dit madame Morin toute joyeuse.

— Est-ce ton avis ? dit Morin au jeune député.

— A une condition, répondit Amaury en souriant, c'est que ma mère n'aura pas peur sur l'eau.

— Est-ce que je n'ai pas franchi deux fois l'Océan? répliqua vivement Madeleine en redressant la tête avec orgueil.

— Oui, je sais que tu as le pied marin dit André d'un air moitié grave, moitié ironique, et d'ailleurs, ajouta-t-il, il n'y a pas le plus léger souffle de vent dans l'air.

Tout en parlant ainsi, ils étaient arrivés à la porte du parc de St.-Cloud. Monsieur Morin fit signe au cocher de s'arrêter, et ils descendirent de nouveau de voiture.

Ils se rendirent ensuite au bord de l'eau, firent prix avec un batelier, et entrèrent dans son bateau.

La Seine entre Sèvres et Meudon est parsemée d'îles charmantes et ombreuses. Ils la remontèrent sans difficultés jusqu'à l'endroit où le fleuve coupé en deux par l'île Pankouke se rejoint par un petit bras. Les ondes, dans cet endroit, se précipitent et tourbillent avec im-

puosité. Toute l'habileté et toute la vigueur
du batelier suffisaient à peine pour lutter contre
la violence des flots. On eût cru à chaque instant
que la frêle barque allait s'engloutir.

Amaury regarda sa mère

Elle souriait.

— Est-ce que ce passage est dangereux?
demanda Morin à leur conducteur.

— Oui et non, répondit celui-ci : mal dirigé,
un bateau au sortir de ce bras serait bien vîte
emporté par le courant et se briserait contre
les grands pieux que vous voyez là bas, ou
contre la jetée qui borde le rivage.

— L'eau est-elle profonde où nous sommes?
demanda encore André.

— Vingt-cinq pieds environ, monsieur, et
par-dessus le marché des tourbillons à chaque
pas! un homme qui tomberait ici, continua le
batelier, à moins d'être très fort nageur, serait

bien certain de n'en sortir que pour aller tout droit aux filets de St.-Cloud.

— Ah ! fit André d'un air pensif.

— Savez-vous que votre conversation pourrait être plus gaie? interrompit Madeleine.

— C'est vrai, parlons d'autre chose, dit Morin en passant la main sur son front comme s'il voulait en éloigner une pensée sinistre.

Tout le temps que dura leur promenade à partir de l'observation de madame Morin, s'écoula d'une façon charmante. Les sombres idées éveillées par l'entretien d'André et du batelier, furent bientôt remplacées par les riantes impressions que faisaient naître cette belle journée de printemps et le charme de ces lieux pittoresques. Cinq heures enfin arrivèrent, ce fut le signal du retour. Le bateau regagna le rivage.

— Descendez et marchez devant, dit monsieur Morin à sa femme et à Amaury, lorsque

la barque eut touché la terre, je vous rejoins
à l'instant.

Madeleine et son fils descendirent et suivirent
le bord de l'eau, dans la direction du parc de
St.-Cloud.

André après avoir payé au batelier le prix
convenu, lui demanda si son bateau était retenu
pour la soirée.

— Non, monsieur, répondit celui-ci.

— Eh bien ! je vous le retiens, reprit Morin :
nous ferons après dîner une nouvelle promenade
sur l'eau, mais comme je ne puis préciser
l'heure à laquelle nous reviendrons, et que je
ne veux pas vous faire attendre, je le prendrai
ici.

— Mais, monsieur,... répliqua le batelier.

André ne lui laissa pas le temps d'achever.

— Je devine ce que voulez dire, interrompit-
il, mais soyez sans inquiétude, je sais conduire

un bateau. Quant au prix, ajouta-t-il, j'espère
que vous serez content.

Et il lui glissa dans la main deux pièces de
cent sous.

Cet argument sans doute parut sans réplique
au batelier, car il amarra son bateau, ferma le
cadenas attaché à la chaîne qui le retenait à un
pieu, et il remit la clef à monsieur Morin, en
lui disant :

— Si par hasard, vous ne me trouviez pas
ici à votre retour de promenade, vous voyez
cette maison qui est en face, je demeure au
second étage, c'est là que vous rapporterez cette
clef.

— C'est convenu, répondit André.

Et il rejoignit sa femme et son fils qui s'étaient
arrêtés pour l'attendre.

— Arrive donc, lui dit le jeune député, ma
mère et moi nous mourons de faim.

— Tant mieux, répartit joyeusement son

père, vous ferez meilleur accueil au dîner.

— Pourquoi donc es-tu resté si long-temps avec ce batelier? poursuivit Madeleine, je croyais que tu ne reviendrais pas.

— Si j'ai bonne mémoire, dit monsieur Morin, nous devons trouver un restaurateur au bas de la côte qui conduit à Bellevue. Allons, mes enfants, doublons le pas, car cette promenade sur l'eau a aiguisé mon appétit.

L'enseigne du restaurant promis par André, s'offrit bientôt aux regards de la petite famille.

Peu d'instants après, Madeleine, Morin et Amaury s'installaient dans un salon gracieusement décoré qui, d'un côté, regardait les grands arbres du parc de St.-Cloud, et, de l'autre, la manufacture de porcelaine de Sèvres.

Le repas fut des plus joyeux.

André et son fils semblaient lutter de gaieté.

Madame Morin, tout entière à l'idée d'habiter prochainement Bellevue, ne tarissait point

en éloges sur la charmante maison de campagne
qu'elle avait visitée.

— Il me tarde bien d'être dans cette délicieuse retraite, dit-elle tout à coup, et de vous
y voir tous les deux auprès de moi !

— Quant à moi, répondit Morin avec un
accent plein d'une expression touchante, jamais
je ne me suis trouvé aussi complètement heureux
qu'en ce moment.

Et se penchant vers sa femme, il l'embrassa
au front.

Puis, il prit la main d'Amaury et la pressa
dans les siennes.

Quelques paroles furent échangées encore,
André ensuite se leva, se dirigea vers la porte,
et sortit.

Il pouvait être huit heures.

La nuit était venue, une de ces pâles et tièdes
nuits qui semblent plutôt annoncer le lever de
l'aurore, que les adieux du soleil à la terre.

Les étoiles répandaient une douce et mélancolique clarté.

Le croissant de la lune se découpait sur le bleu transparent du ciel.

André descendit dans la cour où était remisée sa voiture, il leva le coffre, regarda autour de lui avec inquiétude, et s'empara des pistolets qu'il avait achetés le matin, puis il s'éloigna, traversa Sèvres, et marcha dans la direction du pont.

Arrivé au bord de l'eau, il le côtoya jusqu'à l'endroit où la barque était amarrée.

Il n'en était plus qu'à cent pas, lorsqu'il lui sembla apercevoir un homme auprès.

Il tressaillit, redoutant un moment que ce ne fut le batelier qui l'attendit.

L'homme qu'il avait vu, rentra dans le village et disparut.

André respira librement alors.

Il s'approcha du bateau d'un pas résolu;

ouvrit le cadenas qui retenait la barque au pieu par une chaîne, s'élança dedans, et gagna le large.

Cela fait, il se laissa emporter par le courant.

Parvenu à peu de distance du petit bras, il tira ses pistolets de leur boîte, les plaça tranquillement sur l'avant du bateau, et vint s'asseoir tout auprès.

Il parut se recueillir un moment.

Son visage était pâle, mais il ne trahissait aucune émotion.

Tout à coup, il saisit l'un des pistolets, et l'arma.

Une expression de terreur et de repentir remplaça bientôt la froide impassibilité qui se lisait quelques secondes auparavant sur ses traits.

Le bateau avançait toujours.

Près de mourir, on eût ...qu'il redoutait les approches de la mort.

Il se leva, tomba à genoux, regarda le ciel, joignit les mains et murmura :

— O mon Dieu, donne à mon cœur la force qui lui manque pour accomplir mon projet et soutiens mon bras défaillant. Oui, continua-t-il ensuite d'une voix entrecoupée de sanglots, oui, à la veille de dire adieu à cette terre où mon passage a été marqué par tant de douleurs, j'ai peur, mon Dieu ! ce n'est pas la mort qui m'épouvante, car la mort du juste, c'est le réveil dans la vie éternelle, Dieu puissant ! j'ai peur, parce que je commets un crime pour assurer le bonheur de mon fils ; j'ai peur, parce que je ne dois plus voir ceux que j'aimais ; j'ai peur, parce que mon trépas sera suivi de leurs regrets, oh! oui, j'ai peur, j'ai peur, reprit-il en laissant retomber sa tête avec désespoir sur sa poitrine.

Le bateau avançait toujours.

Et le malheureux père poursuivit après un court silence.

— Divin créateur de la nature, un de tes enfants te tend les bras; exilé de ton sein, il veut retourner vers toi, ranime, oh! ranime son courage qui s'affaiblit, et que ton saint nom soit béni!

André, toujours à genoux, prit alors un pistolet et l'approcha de son front.

Son bras qui s'était dressé, s'abaissa comme si une main invisible l'eût fait retomber.

— Oh! je suis un lâche! murmura-t-il.

Et de grosses larmes inondaient ses joues.

Le bateau avançait toujours.

Tout à coup, et par un effort désespéré, il souleva l'arme fatale.

Et son bras, comme la première fois, retomba sans force, et comme paralysé.

— Je ne veux pas vivre, et je n'ose pas mourir, se dit-il avec découragement: oh! si, si, je veux vivre, reprit-il bientôt, la vie est si douce quand on se voit entouré et aimé de ceux

qu'on aime ! puis, il ajouta, entre deux soupirs,
encore un instant, mon Dieu, encore un souvenir à ma femme, à mon fils, et j'accomplirai
ensuite mon œuvre de dévouement.

Il leva de nouveau ses regards vers le ciel,
la pâleur qui couvrait son visage s'effaça par
degré, et ses yeux rayonnèrent comme si un
monde inconnu et fortuné venait de se révéler
à lui.

Le bateau entrait dans le petit bras. Les flots
écumeux du fleuve bondissaient en tourbillon-
nant.

— C'est ici ! dit Morin.

Une détonation retentit bientôt dans l'air, et
fut répétée par tous les échos d'alentour.

Puis un bruit semblable à celui d'un corps
qui tombe, succéda à cette détonation.

Un homme qui longeait en ce moment le
rivage s'arrêta, et il crut voir quelque chose
tomber et se débattre dans l'eau.

— Au secours ! au secours ! s'écria-t-il.

L'alarme se répandit aussitôt dans tout le pays.

Les habitants sortirent en foule de leurs demeures, et se précipitèrent vers l'endroit d'où les cris étaient partis.

XVIII.

Un coup de foudre.

Un quart-d'heure s'était écoulé depuis le
départ de monsieur Morin. Madeleine et son
fils avaient quitté la table, et s'étaient rapprochés de la fenêtre qui donnait sur le parc de
St.-Cloud. Le mélancolique aspect des arbres

à demi noyés dans l'ombre, les plongea peu
à peu dans une douce rêverie. Un bruit de pas
qui retentit tout à coup dans l'escalier, les arracha enfin à leurs pensées.

— C'est André sans doute, dit madame Morin
en prêtant l'oreille.

Une porte voisine s'ouvrit, et tout rentra dans
le silence.

— Je m'étais trompée, reprit tranquillement
Madeleine·

·— Il me semble qu'il tarde bien, répartit
Amaury : où peut-il être allé ?

— Il va revenir, répondit sa mère, prends
patience.

Dix grandes minutes se passèrent encore, et
André n'était pas de retour.

— C'est étrange, dit le jeune député en
quittant brusquement la croisée.

Madeleine qui, depuis quelques instants,
semblait agitée d'une vague inquiétude, tres-

saillit à cette observation de son fils ; mais comprimant aussitôt ses craintes pour ne pas redoubler celles d'Amaury, elle lui répondit avec beaucoup de calme :

— Ton père est peut-être dans le parc à se promener, la soirée est si belle !

— Non ; il nous aurait proposé de l'accompagner, ma mère.

— Enfin, où voudrais-tu qu'il fût ?...

— Il est possible que tu aies raison, répliqua le jeune député ; et je saurai bientôt à quoi m'en tenir.

Et en prononçant ces dernières paroles, il ouvrit la porte.

— Où vas-tu ? lui demanda madame Morin.

— Au-devant de lui.

— Attends-moi, j'y veux aller avec toi.

— Viens, lui dit Amaury.

Près de sortir, Madeleine s'arrêta et parut réfléchir.

— Eh bien ! viens-tu , poursuivit son fils d'une voix brève.

— C'est que je songe,...

— A quoi ?

— Je songe qu'André peut fort bien n'être pas dans le parc , et revenir en notre absence...

— Alors... tu préfères demeurer ici à tout hasard.

— Ne penses-tu pas que c'est le plus sage ?

— Je crois en effet qu'il vaut mieux que j'aille tout seul le chercher, répondit Amaury.

Et il descendit rapidement l'escalier.

Madame Morin regagna la fenêtre, et suivit des yeux son fils.

Lorsqu'il eut disparu à ses regards, elle se laissa tomber, plutôt qu'elle ne s'assit, sur une chaise , et elle s'abandonna à toute son inquiétude.

Le jeune député entra dans le parc de St.-Cloud par la porte qui fait face à la côte de Bellevue.

Il inclina bientôt à droite et suivit l'allée qui conduit à l'avenue des marronniers. Chaque fois qu'un bruit de pas venait frapper son oreille, son cœur battait violemment. Il crut de loin, et à plusieurs reprises, reconnaître André, et toujours son espoir fut trompé. Lorsqu'il eut atteint l'avenue des marronniers, il s'arrêta incertain du chemin qu'il prendrait. Deux routes s'ouvraient devant lui ; toutes deux aboutissant au grand bassin. Il s'engagea dans celle qui semblait être la plus fréquentée. Toutes ses investigations n'amenèrent aucun résultat. Il sortit enfin du parc après l'avoir parcouru dans toute la partie qui s'étend de Sèvres jusqu'à St.-Cloud.

Ses craintes avaient redoublé. Cependant la pensée de retrouver son père auprès de Madeleine, ne l'abandonnait pas encore.

Arrivé près de la sortie du parc qui touche au pont de Sèvres, Amaury se disposait à retourner vers sa mère, lorsque des clameurs qui partaient du rivage, vinrent tout à coup l'arracher à ses rêveries. Il remarqua alors un grand mouvement de gens et de lumières le long de la berge. Curieux de savoir ce qui se passait il se dirigea de ce côté.

Là, un étrange spectacle s'offrit à ses regards.

La Seine d'ordinaire silencieuse et déserte le soir, était sillonnée de barques. Dans ces barques étaient des hommes munis de torches et qui poussaient par instant de grands cris. Tantôt ces barques s'éloignaient les unes des autres, tantôt elles se rejoignaient, s'interpellaient, se répondaient en se montrant un point noir dans le lointain.

Sur la jetée, on apercevait des femmes, des enfants et des vieillards, les uns avaient des fallots, les autres des lanternes, tous paraissaient fort affairés.

Il fut bientôt détrompé.

Il n'était plus qu'à une centaine de pas de la berge, lorsqu'il se croisa avec un homme qui revenait en courant du rivage.

C'était le batelier.

Celui-ci, en reconnaissant Amaury, s'arrêta brusquement et comme frappé de stupeur.

— Ce n'est donc pas vous qui avez pris mon bateau? lui demanda-t-il lorsqu'il eut recouvré la parole.

Cette question et le ton dont elle était faite inspirèrent de vagues appréhensions au jeune député; il interrogea le batelier, et ce qu'il apprit confirma ses soupçons.

La disparition étrange de son père, cette barque mystérieusement louée par lui, la détonation entendue sur l'eau et qui avait jeté l'épouvante parmi une population paisible, prirent bientôt dans la pensée d'Amaury des proportions gigantesques, et son sang se glaça d'effroi.

— Venez! s'écria-t-il tout à coup après quelques instants d'un sombre silence, en entraînant le batelier : venez! venez!

Lorsqu'ils eurent atteint le rivage, ils s'élancèrent dans une chaloupe.

Une heure s'écoula en recherches inutiles.

Découragés, ils se disposaient à revenir sur leurs pas, quand un point noir se détachant sur les flots lumineux de la Seine, leur apparut à la hauteur du Bas-Meudon.

Ils firent force rames de ce côté.

Le point immobile et perdu dans l'éloignement, grossit peu à peu à mesure qu'ils avançaient, et il ne tarda pas à devenir distinct.

C'était le bateau qu'ils cherchaient. Poussé par le courant dans une petite anse, il y était demeuré à sec.

Amaury et son compagnon redoublèrent d'efforts, et ils purent enfin s'assurer que ce bateau était vide.

Amaury leva les yeux vers le ciel, comme pour le remercier.

En quelques coups d'aviron, le batelier fut auprès de sa barque. Il sauta dedans, et un cri de terreur lui échappa.

Le jeune député s'y précipita à son tour, et recula en apercevant deux pistolets qui gisaient à terre.

Il s'en empara vivement, et les examina.

L'un d'eux était armé ; tout indiquait que l'autre avait été déchargé récemment.

Un nuage de feu passa sur les paupières d'A-maury.

— Mon père ! murmura-t-il d'une voix déchirante : Mon pauvre père !

Et, par un mouvement convulsif, il dirigea contre son front le pistolet armé.

— Malheureux ! s'écria le batelier en lui arrachant le pistolet des mains.

Amaury se laissa tomber sur l'avant du batéau, et de grosses larmes coulèrent sur ses joues pâlies.

— Mais rien ne prouve que ce soit votre père qui s'est tué, lui dit le batelier, à moins cependant que vous ne reconnaissiez ces pistolets pour lui avoir appartenu.

Cette observation parut réagir sur le désespoir du fils de Madeleine, et un rayon d'espérance brilla dans son âme.

Agité de mille émotions diverses, impatient de revoir sa mère, Amaury se fit conduire à terre, et il regagna Sèvres par le bord de l'eau.

Après un quart-d'heure d'une course rapide, il montait enfin l'escalier de la chambre où il avait laissé madame Morin ; un secret pressentiment lui disait qu'il trouverait André auprès d'elle.

Il entre.

Madeleine était seule.

Amaury chancela.

Madame Morin courut à lui.

— André, où est-il? lui demanda-t-elle d'une voix défaillante : qu'est-il devenu?

— Rassure-toi, ma mère, répondit son fils avec une feinte tranquillité : tu le reverras bientôt.

— Mais pourquoi n'est-il pas avec toi? reprit Madeleine.

— Ma mère, je t'en conjure, dit Amaury en lui baisant les mains, sois sans inquiétude, il nous sera rendu avant peu.

— Conduis-moi auprès de lui, interrompit madame Morin d'un ton impérieux : je veux le voir à l'instant même.

Son fils ne répondit pas.

— Eh bien! ne m'as-tu pas entendue? poursuivit la pauvre femme à moitié folle de douleur : qu'attends-tu?

Amaury fit un pas vers la porte, puis il s'arrêta tout à coup.

Madeleine suivait tout ses mouvemens avec une anxiété mortelle.

Lorsqu'elle le vit s'arrêter, son désespoir alors ne connut plus de bornes.

— Amaury, lui dit-elle, tu me caches la vérité; quelle qu'elle soit, il faut que je la connaisse. Qu'est-il arrivé à ton père?

— Et que veux-tu qui lui soit arrivé? reprit son fils d'un ton calme.

— Oh! n'espère pas m'abuser, interrompit madame Morin : ton émotion, tes regards, ta pâleur, tout en toi me fait présager un malheur.

Amaury se rapprocha vivement d'elle.

— Que dis-tu? murmura-t-il : loin de toi, loin de toi, une pareille pensée; crois-tu donc que je serais ici si la vie de mon père était en danger?

— Mais alors pourquoi n'est-il pas revenu avec toi?

— Parce que.... parce que il est parti pour Paris.

— Pour Paris ! s'écria Madeleine au comble de l'étonnement.

— Oui, une affaire de la plus haute importance....

— Et comment le sais-tu ? reprit madame Morin : qui peut te l'avoir appris puisque ton père a disparu sans nous prévenir et que tu ne l'as pas revu ?

— Il m'en avait parlé ce matin, dit le jeune député espérant, à l'aide d'un innocent mensonge, calmer les terreurs de sa mère.

— Mais alors, tu dois connaître cette affaire ? Elle est donc bien grave qu'il m'en ait fait un mystère ?

Il faudrait pour bien comprendre les tortures d'Amaury, avoir passé comme lui par les mille angoisses de cette soirée néfaste. Dévoré d'inquiétude, il fallait qu'il renfermât en son cœur

les craintes qui l'agitaient ; épouvanté de la disparition d'André, tout frémissant encore de ce
qu'il avait appris et de ce qu'il avait vu, il
fallait qu'il opposât aux larmes de sa mère un
visage souriant et tranquille. L'immensité de
son amour filial pouvait seul lui inspirer le
courage dont il avait besoin pour ne pas se trahir;
cependant l'incrédulité de madame Morin et la
persistance de ses questions, faillirent un moment lui arracher le secret qu'il voulait cacher.
Poussé jusques dans ses derniers retranchemens,
il allait tout avouer, lorsque par un brusque
retour sur lui-même, il se leva et rompit l'entretien.

— Ainsi, tu ne veux pas me répondre? lui
dit Madeleine d'un ton de tendre affection.

— Il est dix heures, et il faut songer à partir
pour Paris, reprit Amaury.

Ils descendirent.

Ils cherchèrent inutilement la voiture qui les avait conduits le matin.

Elle n'y était plus.

Amaury s'informa de ce qu'elle était devenue, on ne put rien lui apprendre à ce sujet.

— Ton père l'aura peut-être prise, lui dit Madeleine.

— J'y songeais, répondit celui-ci dont le cœur se dilata.

— Et comment ferons-nous pour nous en retourner reprit bientôt madame Morin.

— Viens, viens toujours, lui dit Amaury.

A peine étaient-ils dans la rue, qu'une voiture arrivant de Versailles passa.

Quelques instants plus tard madame Morin et son fils étaient dans cette voiture.

Leur voyage du matin avait été charmant et joyeux, leur retour fut triste et pénible. Une seule pensée les préoccupait; c'était la disparition d'André. Par moment une lueur d'espérance

venait désassombrir leur âme, mais cette lueur
s'éteignait vite dans un sinistre pressentiment.
Assis en face l'un de l'autre, Madeleine et
Amaury se regardaient parfois à la dérobée, et
l'altération de leurs traits décelait l'anxiété de
leurs cœurs. Pas une parole, pas un sourire
n'égaya la longueur de la route. On eût dit, à
les voir, deux étrangers.

La voiture enfin était arrivée à sa destination.
Madeleine s'élança rapidement à terre.

Son fils la rejoignit aussitôt.

Tous deux avaient hâte d'être rentrés.

Le cœur leur battait bien fort lorsqu'ils eurent
quitté le Pont-des-Arts pour suivre le quai Voltaire.

Du plus loin que madame Morin aperçut la
maison où demeurait son fils, elle plongea sur
elle un regard inquisiteur. Une lumière brilla
puis disparut à l'une des fenêtres de l'appartement d'Amaury, et l'émotion qu'elle en ressentit

faillit la priver de ses sens. Elle n'eut que le
temps de s'appuyer sur le bras du jeune député
pour ne pas tomber à la renverse.

Amaury se méprenant sur les causes du trouble
de sa mère, lui adressa quelques paroles pour
l'exhorter au courage ; puis ils continuèrent
leur route.

Ils n'étaient plus qu'à cent pas de la maison,
lorsque la lumière reparut encore.

— Regarde, murmura Madeleine à son fils
en lui désignant ses fenêtres : regarde !

— J'ai bien vu , répondit Amaury.

— Crois-tu que ce soit lui? dit sa mère d'une
voix tremblante.

— Allons viens, interrompit le jeune député
en l'entraînant vivement.

Ils arrivèrent enfin devant la porte.

Ils entrèrent.

Madame Morin, avant que son fils eut songé
à la retenir, s'élança chez le concierge :

— Mon mari est-il rentré? lui demanda-t-elle.

Effrayé de l'agitation de Madeleine, le concierge répondit qu'il croyait avoir vu rentrer monsieur Morin, mais qu'il le pensait ressorti.

La pauvre femme ne fit qu'un bond de la loge sur l'escalier.

Son fils la suivit. Madeleine sonna à briser la sonnette, le domestique vint leur ouvrir, et n'apercevant pas André :

— Monsieur Morin n'est pas avec vous? dit-il d'un air surpris.

Madeleine, à ces mots, poussa un cri terrible, et tomba sans connaissance dans les bras d'Amaury.

Madame Morin avait été transportée dans sa chambre.

Le coup qui l'avait frappée avait été si violent que ce ne fut que longtemps après qu'elle reprit ses sens.

Son premier mouvement, lorsqu'elle eut r'ouvert les yeux, fut de regarder autour d'elle.

Et n'apercevant pas celui qu'elle cherchait, elle se cacha le front dans les mains en sanglotant.

Amaury essaya, mais en vain, de la calmer. Prières, caresses; elle fut sourde à tout.

Minuit venait de sonner, lorsqu'un coup de sonnette retentit.

Madame Morin et son fils tressaillirent et se levèrent.

— Lui peut-être ! s'écria Madeleine en courant vers la porte.

Le jeune député se précipita sur ses pas.

En ce moment le domestique parut.

— Qui a sonné, lui demanda vivement la pauvre femme.

— Le concierge vient de monter cette lettre qu'il avait oublié de vous donner lorsque vous êtes rentrés, répondit-il.

Et il présenta la lettre qu'il tenait à la main.

Madeleine s'en saisit, jeta un coup-d'œil rapide sur l'écriture de l'enveloppe, et murmura en s'adressant à son fils :

— De ton père !

Amaury fit signe au domestique de se retirer pendant que madame Morin brisait le cachet, puis se rapprochant d'elle.

— Eh bien ! que t'écrit-il ? lui dit-il.

Sa mère ne répondit pas, et la lettre dont elle venait de parcourir quelques lignes lui tomba des mains.

Le jeune député s'élança sur cette lettre et il lut ce qui suit, au milieu des signes de la plus profonde douleur.

« Ma chère femme,

« Lorsque cette lettre te parviendra, j'aurai
« cessé de vivre. Une fatale curiosité m'a conduit
« un jour à la Bourse, et la passion du jeu s'est
« emparée de moi. Riche d'un demi-million ho-

«norablement acquis par vingt années de tra-
»vail, j'ai voulu doubler ma fortune dans des
»spéculations de hasard. Les deux tiers de cette
»fortune ont été dévorés en moins de trois mois!
»Que fallait-il faire? jouer le peu qui me restait
»et le condamner à la misère, je n'ai pas eu ce
»courage, et j'ai préféré mourir.

»Adieu, Madeleine, plains-moi, et par-
»donne-moi, car j'expie l'erreur d'un moment
»par la perte de ceux qui avaient fait longtemps
»mon unique bonheur sur la terre. Je t'embrasse
»une dernière fois; puisse Amaury ne pas mau-
»dire ma mémoire; c'est le seul vœu que je
»forme en mourant.

«ANDRÉ. »

Amaury, après avoir lu cette lettre, éclata
en sanglots.

Madame Morin pâle, immobile et silencieuse,
semblait abîmée dans sa douleur.

XIX.

La cabane du pêcheur.

Au moment où André venait de se tirer un coup de pistolet, un pêcheur dont le bateau était amarré à quelques pas de là, jetait ses filets dans l'eau. Étonné de la détonation qui avait troublé le silence de la nuit, il leva brusquement la tête, et il lui sembla voir un homme tomber et se débattre dans les flots. Sans perdre un instant, il coupa la corde qui retenait sa barque à un pieu, et il se dirigea à force de rames du côté où il avait aperçu cet homme. Le courant avait sans doute entraîné André, car le pêcheur ne le retrouva pas. Déjà il s'éloignait, lorsque le fleuve se r'ouvrant à une trentaine de pas, lui laissa entrevoir un corps et entendre un sourd gémissement. Il courut de ce côté, et s'élança courageusement dans l'eau. Les flots se refermèrent pour la seconde fois, et pendant quelques secondes, on put croire qu'ils avaient englouti une seconde victime. Un calme de mort régnait sur toute l'étendue de la Seine dans la partie qui embrasse le pont de Sèvres et le Bas-Meudon. Bientôt les ondes tourbillonnèrent, et le pêcheur reparut à leur surface tenant d'une main un objet immobile et que l'œil ne pouvait distinguer, pendant que de l'autre main il essayait de regagner son bateau. Après des efforts sans nombre, après une lutte surhumaine dans laquelle il faillit vingt fois succomber, il parvint enfin à rejoindre sa barque. Il s'y cramponna avec force, et il réussit à remonter dedans. Cela fait, il tira à lui le corps qu'il avait si héroïquement disputé aux flots.

André était sans mouvement. Son visage avait la pâleur de la mort. Ses yeux semblaient s'être fermés pour toujours. La balle lui avait fait au côté gauche du front une blessure d'où le sang s'échappait en abondance. Le pêcheur l'étendit sur son bateau, puis il lui mit la main sur le cœur pour savoir s'il battait encore. Son cœur était sans battement.

— Il n'y a donc pas que les pauvres qui sont malheureux? se dit Vincent en remarquant les vêtements et la chaîne d'or de la montre d'André.

Puis, saisissant de nouveau ses rames, il remonta le fleuve pendant que les habitants de Sèvres, effrayés de la détonation qu'ils avaient entendue, mettaient leurs barques à flots.

Il ne ralentit sa course que lorsqu'il fut en vue du pont de Grenelle.

Bientôt il inclina à droite, gagna le rivage, et s'arrêta en face d'une petite cabane qui regardait le bord de l'eau. Il ne tarda pas à descendre, attacha son bateau à un arbre, et alla frapper à cette cabane.

— Est-ce toi, demanda une voix partie de l'intérieur.

— Ouvre vite ; répondit le pêcheur.

Quelques secondes s'écoulèrent, et la porte s'ouvrit.

— As-tu fait une bonne pêche, lui dit sa femme.

— Il ne s'agit pas de cela, mais d'un pauvre malheureux qui s'est brûlé la cervelle et que j'ai repêché, reprit brusquement Vincent ; il est

mort sans doute, mais qu'importe : il faut que
tu m'aides à le porter chez nous, puis nous
verrons ce qu'il y aura à faire.

Ils arrivèrent bientôt auprès de la barque
dans laquelle André gisait inanimé. Vincent le
chargea sur ses épaules et le transporta dans sa
cabane.

Madame Vincent étendit alors par terre l'u-
nique matelas qu'elle possédait, et André fut
couché dessus.

Quand le pêcheur eut fini cette triste opé-
ration, il jeta dans la cheminée un fagot sec
et il y mit le feu.

— Ça le réchauffera peut-être, dit-il à sa
femme.

Celle-ci alla chercher de l'eau, étancha le
sang qui coulait de la blessure de monsieur
Morin, puis elle lui plaça une compresse sur le
front.

Deux heures s'écoulèrent.

Au bout de ce temps, le pêcheur découragé dit à sa femme dont les paupières se fermaient sous l'effort du sommeil :

— Tu as besoin de repos, Françoise, va dormir, moi, je resterai ici.

Madame Vincent ne se fit pas répéter cette invitation.

Le pauvre pêcheur continua de veiller André.

Vincent avait été soldat ; parti à la conscription en 1794, il avait fait toutes les campagnes d'Italie. Blessé en plusieurs occasions, il avait vu bon nombre de ses camarades tomber autour de lui, et regardé bien des blessures produites par le fer et par la mitraille.

Il s'approcha d'André, lui souleva la tête avec précaution et retira le bandeau qui lui couvrait le front, puis il se mit à examiner sa blessure avec une attention qui eut fait honneur à un chirurgien.

Elle était étroite mais profonde.

La balle avait traversé le front à un pouce et demi au-dessus de l'œil droit.

Vincent fronça les sourcils et demeura pensif.

La blessure, telle qu'elle s'offrait au pêcheur, devait avoir été mortelle. Cependant un homme de l'art eût remarqué que la balle ayant dévié, les organes du cerveau n'avaient pas dû être atteints, et qu'ainsi tout espoir de salut n'était point perdu.

Le jour commençait à poindre, et Vincent accablé de fatigue sentait ses yeux se fermer malgré lui, lorsqu'il lui sembla apercevoir André faire un mouvement.

Vincent se dressa sur ses pieds, croyant rêver.

Un second mouvement d'André, mais presque imperceptible, attira de nouveau son attention.

Il se baissa sur lui, posa la main sur son cœur, et il crut sentir un battement.

Mais sa joie fut de courte durée; les yeux d'André se refermèrent bientôt.

— Pauvre homme ! murmura la femme du
pêcheur avec tristesse : il est bien mort cette
fois.

— Qui sait ? répondit Vincent.

Une heure se passa encore pendant laquelle
monsieur Morin ne donna aucun signe d'existence ; de temps à autre seulement un faible battement de son cœur indiquait que la vie ne
s'était pas retirée complètement de ce corps
glacé.

Vincent semblait compter les minutes avec
une impatience fiévreuse : jamais le temps ne
lui avait paru aussi long. Sept heures enfin
sonnèrent. Il prit alors sa casquette et son bâton,
puis il sortit de sa cabane en recommandant
bien à sa femme de ne pas s'éloigner un moment
d'André.

— Où vas-tu donc ? lui demanda madame
Vincent.

— Chez monsieur Duval, répondit-il.

Et il s'éloigna d'un pas rapide.

Demeurée seule, la femme du pêcheur alla chercher une nasse commencée par son mari, se plaça ensuite à quelques pas d'André et se mit à l'ouvrage. Mais il était facile de comprendre à ses regards qui se tournaient incessamment vers monsieur Morin que son travail n'occupait pas seul sa pensée. Un sentiment de terreur et de compassion agitait tout à la fois madame Vincent.

La chambre dans laquelle elle se trouvait n'était guère faite d'ailleurs pour inspirer de riantes idées. Le demi-jour qui semblait y pénétrer comme à regret par une lucarne de la pièce voisine lui donnait un aspect lugubre qui venait compléter le solennel tableau d'un homme qui se mourait.

Ne pouvant se rendre compte de la crainte qu'elle éprouvait, madame Vincent essaya mais vainement de la dominer. Elle se leva alors et courut s'agenouiller devant un crucifix placé près de la muraille. Sa prière terminée, elle se sentit plus forte et se disposa à regagner sa place.

Tout à coup, ses yeux effrayés s'agrandirent, sa bouche s'entr'ouvrit sans pouvoir jeter un cri, et les regards fixés sur l'objet qui la glaçait d'épouvante, elle recula, les mains tendues en avant jusqu'à la porte de sa chambre à coucher.

Là, elle s'arrêta, et, après avoir passé les mains sur ses yeux comme pour en éloigner une vision terrible, elle se prit à considérer de nouveau ce qui avait causé son effroi.

Debout, sur son séant, et le visage livide, André la regardait.

Madame Vincent alors n'hésita plus, elle le souleva sur ses genoux, puis dans ses bras et le plaça sur un grand fauteuil de bois, devant la cheminée où pétillait une flamme ardente.

Elle étendit ensuite le matelas sur son lit, et revenant auprès d'André, elle le prit de nouveau dans ses bras, et moitié le portant, moitié le traînant, elle parvint à le coucher dans son lit, et le couvrit de tout ce qu'elle put trouver de couvertures et de vêtements afin d'essayer de ramener la chaleur dans son corps glacé.

Sa tentative fut couronnée de succès.

Le frisson qui fesait trembler ses membres et claquer ses dents diminua peu à peu, et finit par cesser.

Madame Vincent vint s'asseoir auprès de lui, attentive à suivre tous ses mouvements.

Une demie-heure ne s'était point écoulée, que Morin r'ouvrait les yeux pour la seconde fois.

Madame Vincent s'agenouilla en silence et de ses lèvres monta vers le ciel une fervente prière.

Un coup retentit à la porte.

En un bond, elle fut dans la chambre voisine, et ouvrit.

— Eh bien ! vit-il encore? lui demanda son mari.

— Venez, venez, répondit-elle en entraînant Vincent et l'homme qui était avec lui.

Le docteur s'approcha du lit où monsieur Morin semblait dormir du sommeil éternel. Son visage avait la pâleur et l'immobilité de la mort. Ses yeux étaient fermés, ses mains froides; n'eût été la faible respiration qui par moment s'échappait de sa poitrine, on eût cru que les sources de l'existence étaient éteintes en lui. Monsieur Duval le regarda pendant quelques secondes sans prononcer un mot. Il détacha ensuite le bandeau qui couvrait son front, et il examina attentivement sa blessure. Le pêcheur et sa femme attendaient avec anxiété le résultat de cet examen qui fut long.

— Concevez-vous quelque espoir, monsieur Duval? dit enfin Vincent d'une voix tremblante d'émotion.

Le docteur absorbé dans ses pensées, ne répondit pas.

Vincent réitéra sa question.

— Savez-vous quel est cet homme? lui demanda le docteur d'un ton bref.

— Je l'ignore, dit le pêcheur.

— Il n'a donc pas de papiers?

— Aucun.

Le docteur hocha la tête.

— Et que ferez-vous de lui? dit-il ensuite à Vincent.

— Nous le garderons chez nous.

— Il faut alors le débarrasser de ses vêtements, reprit monsieur Duval. C'est bien, reprit-il, quand son ordre eût été exécuté : je reviendrai ce soir.

— Et qu'y a-t-il à faire jusque là? demanda madame Vincent.

— Rien, répondit le médecin : si ce soir il existe encore, nous verrons.

— Ainsi, reprit le pêcheur, vous craignez qu'il ne passe pas la journée.

Monsieur Duval tira sa montre.

— Il est dix heures, dit-il, si à quatre heures de l'après-midi il n'est pas mort, c'est que le temps des miracles est revenu.

— Et alors, vous pourrez le sauver, répliqua vivement madame Vincent.

— Peut-être, dit le docteur.

Et il sortit de la chaumière.

XX.

Le lendemain et pendant les huit jours qui suivirent la disparition de son père d'adoption, Amaury se rendit au Bas-Meudon sans en prévenir sa mère. Toutes ses recherches pour retrouver le corps de Morin furent inutiles, et il dût renoncer à la consolation de lui élever une tombe sur laquelle il irait s'agenouiller.

Le suicide d'André avait porté un si terrible

coup à Madeleine que le jeune député craignit un moment qu'elle ne survécut pas au désespoir de sa perte. Frappé comme elle dans ses affections les plus chères, il lui fallut imposer silence à sa douleur pour s'occuper de calmer celle de sa mère. Un mois de larmes et de regrets n'avait apporté aucun adoucissement à l'affliction de madame Morin, et ni la tendresse, ni les prières de son fils ne pouvaient amener l'oubli dans son cœur brisé. Ses joues s'étaient amaigries, ses yeux avaient perdu leur doux éclat, et la vie semblait se retirer d'elle avec chaque heure qui s'écoulait.

Amaury résolut enfin de l'arracher aux tristes lieux qui lui rappelaient incessamment la présence de celui qu'ils avaient si cruellement perdu.

— Je veux rester et mourir ici, lui répondit sa mère.

Un mois se passa encore, et le temps qui use

à la longue les blessures du cœur les plus vives,
ne pouvait rien sur celle de Madeleine.

Il fallait un miracle pour la sauver.

Ce miracle eut lieu.

Un matin qu'elle était, comme toujours, agenouillée et pleurante dans sa chambre, sa porte
s'ouvrit.

Elle se retourna rapidement.

Deux femmes lui apparurent.

C'était la duchesse et mademoiselle d'Hauterive.

Madeleine se précipita dans leurs bras, et ses
sanglots redoublèrent.

Fernande et Marie demeurèrent une heure
auprès d'elle, elles mêlèrent leurs larmes aux
siennes.

Puis, elles se retirèrent sans avoir prononcé
une seule fois le nom d'André.

Elles revinrent le lendemain. Elles revinrent
tous les jours.

Peu à peu Madeleine se fit une douce habitude de leur présence. Quand midi sonnait, et qu'elles n'avaient point paru, elle paraissait en proie à une vague inquiétude. Et lorsqu'elles étaient arrivées, elle courait se jeter dans leurs bras et les pressait tour à tour sur son cœur.

— Madeleine, lui dit un jour la duchesse, Marie et moi nous venons vous faire nos adieux.

— Vos adieux! interrompit madame Morin d'un ton surpris et chagrin.

— Le médecin à ordonné l'air de la campagne à mon enfant d'adoption, et nous partons demain.

— Demain! murmura Madeleine.

— J'ai loué une petite maison à Fontenay-aux-Roses, et nous y passerons la belle saison. Mais mon mari reste ici, ajouta bientôt Fernande en accompagnant ses paroles d'un sourire charmant, nous ferons, Marie et moi, toutes les semaines, le voyage de Fontenay à Paris, et vous ne serez pas oubliée.

— Vous partez ! vous me quittez, reprit madame Morin : et que voulez-vous que je devienne sans vous ?

Et elle se cacha la tête dans les mains pour ne point laisser voir les larmes qui mouillaient ses paupières.

— Pauvre Madeleine ! dit Marie en l'embrassant ; mais ne pleurez pas ainsi, continua-t-elle en remarquant que ses larmes redoublaient, nous viendrons, tout exprès pour vous, deux fois la semaine à Paris; n'est-ce pas, ma mère?

Madame Morin lui serra la main avec reconnaissance.

La duchesse de Rieux avait peine à contenir son émotion.

— Et si vous trouvez que c'est demeurer trop longtemps séparée de nous, poursuivit mademoiselle d'Hauterive, eh bien ! vous ne savez pas, il faudra nous rendre visite souvent, nous rendre visite les jours où nous demeurerons à la campagne.

— Sans doute, dit Fernande vivement.

— Par ce moyen, reprit Marie, notre absence n'en sera plus une. Mais attendez donc,
dit-elle comme en se parlant à elle-même ; oui,
et pourquoi pas?...

— Achève, lui dit madame de Rieux.

— C'est une idée qui m'était venue, répondit
Marie, une idée charmante et qui concilierait
tout...

— Quelle est-elle?

Mademoiselle d'Hauterive prit alors le bras
de madame Morin, le passa gracieusement sous
le sien, et levant sur elle ses grands yeux où se
lisait une joie mêlée de crainte.

— Madeleine, lui dit-elle, promettez-moi
de ne pas me refuser...

La pauvre femme ne put s'empêcher de sourire de l'embarras de Marie. Ce sourire était le
premier qui depuis deux mois eût entr'ouvert
ses lèvres.

— Voyons, de quoi s'agit-il? répondit-elle avec bonté.

— Eh bien! venez partager notre retraite; ma mère, j'en suis sûre, approuvera ce projet, et moi, je serai heureuse de vous voir auprès de nous.

L'émotion et la surprise rendirent Madeleine muette un moment.

— Merci, mon enfant, dit-elle quand elle eut recouvré la voix, merci : je ne devais pas moins attendre de la noblesse de votre cœur.

— Ainsi, vous acceptez? interrompit la jeune fille toute radieuse.

— Non, répondit gravement madame Morin.

Et remarquant la tristesse soudaine qui s'était répandue sur le visage de Marie :

— Que voulez-vous que j'aille faire au milieu de votre bonheur? continua-t-elle : le détruire avec mes larmes! non, non; partez, Marie, soyez heureuse, donnez-moi quelquefois

un souvenir, venez quelquefois me presser la
main, et je bénirai le ciel.

— Ainsi, vous repoussez la prière de mon
enfant ? dit Fernande à Madeleine.

— Je ne veux pas vous affliger par la vue
de mes douleurs, madame la duchesse, répondit
d'un ton ferme madame Morin.

— Mais je sécherai vos pleurs, reprit Marie
avec entraînement : oui, Madeleine, je vous
entourerai de tant de soins, de tant d'affection,
que peu à peu vos regrets s'affaibliront, et vous
renaîtrez à l'espérance, à la joie, à la vie !

— C'est Dieu qui te parle par sa voix, ma
mère, dit Amaury qui venait d'entrer sans bruit
et avait entendu la touchante demande de mademoiselle d'Hauterive.

Madame Morin, la duchesse et Marie firent
un pas en arrière.

— Ma mère, ma mère, poursuivit le jeune
député en s'agenouillant devant Madeleine, ton

fils te conjure de vivre si tu ne veux pas qu'il meure !

Celle-ci prit à deux mains le front de son enfant, et l'approchant de ses lèvres avec délire, elle murmura en sanglotant :

— Je vivrai, mon Amaury, oui, je vivrai puisque ma vie est nécessaire à la tienne.

La duchesse de Rieux se détourna pour cacher son attendrissement.

Mademoiselle d'Hauterive essuya à la dérobée une larme brûlante.

Amaury s'arracha enfin aux embrassements de Madeleine et se tournant vers Fernande et Marie :

— Conservez-moi ma mère, leur dit-il : conservez-moi ma mère.

Et il sortit précipitamment.

Le lendemain madame Morin partait pour Fontenay-aux-Roses avec Marie et la duchesse.

La pensée qu'André pouvait s'être donné la

mort, ne s'était point présentée dans le premier
moment à l'esprit d'Amaury ; il avait cru
d'abord son père d'adoption victime d'un de ces
événements imprévus qui mettent toute une famille en deuil. Puis, quand le récit du batelier,
la détonation entendue sur la Seine, et les pistolets trouvés dans le bateau, l'eurent convaincu
du suicide de monsieur Morin, ce coup lui avait
été d'autant plus douloureux qu'il ne voyait
dans ce suicide qu'un dévouement nouveau. Les
véritables causes de cette mort lui apparaissant
dans tout leur jour, il comprit qu'André s'était
tué pour le laisser libre de retourner vers le
duc de Rieux et d'épouser mademoiselle d'Hauterive. Cette révélation le remplit d'épouvante
et de remords. L'anxiété de Madeleine et ses
larmes lorsqu'elle le vit revenir seul, doublè-
rent son supplice, et s'il n'eût écouté que son
désespoir, il aurait répondu aux questions de sa

mère, qu'André était mort et que c'était lui qui l'avait tué.

De retour à Paris, et après avoir lu la lettre dans laquelle monsieur Morin annonçait qu'il avait mis fin à ses jours par suite d'une perte considérable à la Bourse, il bénit le ciel de cette découverte. Cependant sa douleur, un moment calmée, ne tarda pas à se réveiller. Elle fut affreuse. Le souvenir des bienfaits d'André, son affection paternelle, son admirable caractère qui jamais ne s'était démenti, se retracèrent en traits de flamme à sa pensée et lui montrèrent l'étendue de la perte qu'il avait faite. Il voyait partout son père, les objets qui l'entouraient le lui rappelaient incessamment; le jour, la nuit, à toute heure, à tout moment son image adorée se dressait devant ses yeux; il entendait sa voix dans tous les bruits qui frappaient son oreille, et jusques dans le silence de ses longues insomnies. Une puissante diversion pouvait seule

l'arracher à ce désespoir sans bornes ; il la trouva
dans l'affliction de sa mère. Quand il la vit pleurante comme lui , comme lui courbée sous l'immensité de sa douleur, et mourante, il comprit
la tâche que lui imposait son titre de fils. S'armant alors d'un courage inspiré par sa tendresse,
il étouffa ses sanglots, imposa silence à ses regrets, et il n'eut plus qu'une pensée, celle de
disputer à la mort la pauvre femme qui lui
avait donné la vie. Dans cette lutte acharnée,
terrible, abandonnée cent fois et cent fois re-
commencée, il rencontra, sinon l'oubli de ses
maux, du moins un allégement à ses larmes.
Il voulait sauver Madeleine, et il se sauva sans
l'avoir cherché.

Quand sa mère vaincue par ses prières, con-
sentit à suivre la duchesse de Rieux dans sa
retraite de Fontenay-aux-Roses, Amaury pleurait toujours monsieur Morin, mais son déses-

poir, si profond qu'il fût, était désormais sans danger pour sa vie.

Séparée de son fils, Madeleine tomba bientôt dans une sombre mélancolie, et jamais sa bouche, au milieu de ces mornes accès de tristesse, ne laissait exhaler une plainte; la duchesse et mademoiselle d'Hauterive étaient désespérées.

Toutes deux alors, et sous l'inspiration de leur cœur ne quittèrent plus madame Morin. S'enfonçait-elle sous les arbres du jardin, elles la rejoignaient comme par hasard, et demeuraient avec elle jusqu'à ce que le sourire brillât dans ses regards.

Laissait-elle entrevoir le désir d'être seule, Marie lui disait d'un ton de charmante autorité:

— Je ne veux pas!

Et Madeleine, ainsi que le malade qui attend sa guérison de sa soumission aux ordonnances du médecin, courbait avec résignation la tête

sous cette affectueuse domination qui devait lui
rendre la santé de l'âme.

Et, ainsi que le médecin qui, peu à peu
voit les forces du malade renaître, ses yeux se
ranimer, son teint refleurir, permet, afin de
compléter son œuvre, des aliments plus généreux, ordonne des courses plus longues ; ainsi,
et peu à peu, Fernante et Marie, par des distractions prudemment choisies, par des plaisirs
savamment appliqués, vinrent à bout de la tâche
qu'elles avaient entreprise ; et bientôt du profond désespoir qui la minait, madame Morin
n'avait conservé que de fréquents accès de mélancolie, que dissipaient presque toujours un
regard ou une parole de ses deux anges gar-
diens.

Amaury n'avait pas été complètement étranger à ce miracle. Rarement une semaine s'é-
coulait sans qu'il ne se rendit plusieurs fois
auprès de sa mère ; les jours où il devait venir,

elle se parait de sa plus belle robe, courait au bord
de la route, interrogeait d'un œil plein d'anxiété le chemin qu'il avait coutume de prendre,
et, quand il apparaissait, une transformation
soudaine s'opérait en elle. Ses joues reprenaient
les couleurs de la jeunesse, son pas ne se traînait
plus languissant : on eût dit que son fils était le
soleil qui réchauffait son âme, chassait les
nuages de son front, et fesait le beau temps
dans son cœur.

Marie cependant semblait éviter de se montrer au jeune député, et celui-ci, dans ses longs
entretiens avec Madeleine et la duchesse de
Rieux s'était constamment abstenu de prononcer
le nom de mademoiselle d'Hauterive. Une circonstance fortuite devait les rapprocher tous
deux.

Un jour où Amaury n'était pas attendu,
Fernande proposa à madame Morin et à Marie
une promenade dans les bois; Marie, qui se trou-

vait souffrante, préféra demeurer à la maison, et la duchesse et Madeleine partirent sans
elle.

La jeune fille, après être restée quelques instants dans sa chambre, descendit au jardin,
et, toute rêveuse alla s'asseoir sous un berceau
en fleurs. Un quart-d'heure s'était écoulé à
peine, lorsqu'un bruit léger de pas, l'arracha
à ses rêveries.

Elle se leva, pensant que c'était la duchesse
qui venait de rentrer, et elle s'élança hors du
berceau.

Amaury était devant elle.

Un voile se répandit sur les yeux de mademoiselle d'Hauterive, et son visage se colora
d'une vive rougeur.

Aussi troublé qu'elle, le jeune député recula
sans pouvoir prononcer un mot.

Marie rassemblant enfin tout son courage,
fit un mouvement comme pour se retirer.

— Marie ! Marie ! s'écria le fils de Madeleine.

Et il tomba aux genoux de mademoiselle d'Hauterive.

XXI.

La Résurrection.

Sept mois s'étaient passés.

L'antique château patrimonial de monsieur de Rieux, depuis longtemps abandonné, sortit tout à coup de son repos accoutumé, le duc et la duchesse venaient d'y arriver accompagnés de mademoiselle d'Hauterive, de Madeleine et d'Amaury.

Le bruit se répandit bientôt dans le pays que l'ancien ministre aller marier sa jeune parente.

Quinze jours plus tard, mademoiselle d'Hauterive devenait la femme d'Amaury Morin.

Amaury avait souhaité que cette union eut lieu sans bruit et sans apparat.

Le mariage fut donc célébré dans une humble chapelle de village, et n'eut pour témoins que de pauvres paysans accourus en foule à cette cérémonie.

Lorsque le oui solennel qui devait unir pour toujours Amaury et mademoiselle d'Hauterive eut été prononcé, un homme étranger à la localité et qui, jusqu'à ce moment, s'était tenu caché derrière un pilier de l'église, avança avec précaution la tête hors de sa retraite, et jeta de loin sur les nouveaux époux un regard dont l'expression serait intraduisible.

Quand la messe qui suivit la bénédiction nuptiale fut achevée et que les assistants se disposèrent à sortir, cet homme disparut comme un éclair.

Quel était-il? où allait-il?

De retour au château, le duc apprit qu'un vieillard qui avait refusé de dire son nom, l'attendait dans son appartement; il s'y rendit.

La duchesse et Madeleine s'occupèrent des préparatifs d'une collation qui devait fêter l'hymen de leurs enfants.

Marie, pendant ce temps, appuyée sur le bras de son époux, parcourait avec lui les longues avenues du parc.

Il pouvait être onze heures, et l'on entrait dans les premiers jours d'avril.

A une éblouissante aurore avait succédé un soleil plus éblouissant encore. Dans un ciel clair et limpide, couraient çà et là, poussés par la brise, des milliers de petits nuages blancs aux

reflets chatoyants et nacrés, pareils à des volées
de cignes voyageurs, ou à des flocons d'écume
frangés d'or. Les fleurs, sous les rayons du soleil, répandaient dans l'air tiède les suaves
émanations de leur calice où tremblait encore,
diamants et perles, les larmes de la rosée. Sur les
bords de leurs nids de mousse, les oiseaux chan-
taient en chœur le retour du printemps, ou se
poursuivaient, joyeux et battant de l'aile, à
travers les feuilles épaisses des chênes, des cha-
taigniers et des mélèzes, dont un souffle léger
agitait les verts panaches.

Amaury prit dans ses mains les deux mains
blanches de sa femme ! et ils continuèrent leur
promenade sans prononcer une parole; mais que
d'éloquents aveux dans ce silence !

La cloche du château vint enfin les arracher
à leurs douces rêveries.

Ils trouvèrent dans l'une des salles du vieux

manoir le duc, la duchesse et Madeleine qui les attendaient.

On se mit à table.

Marie était rayonnante. Jamais elle n'avait été plus belle, mais aussi elle n'avait été plus complètement heureuse.

Amaury semblait partager son bonheur; cependant parfois son front se plissait comme sous un sombre souvenir, mais ce n'était qu'un fugitif éclair qui bientôt s'éteignait dans un tendre regard d'amour.

Madeleine, elle-même, malgré sa joie, était triste par instant; ont eût dit qu'une larme se cachait au fond de ses plus doux sourires.

— Que vois-je! dit tout à coup Marie en remarquant avec surprise qu'il y avait six couverts sur la table au lieu de cinq; et se tournant vers le duc : attends-tu donc un convive? lui demanda-t-elle vivement.

— Peut-être, répondit monsieur de Rieux d'un ton étrange.

Un bruit de pas se fit entendre en ce moment.

— Et tiens, poursuivit le duc en prêtant l'oreille : si je ne me trompe, ce doit être….

Il n'acheva pas.

— Qui donc? reprit avec curiosité la jeune mariée.

La porte s'ouvrit tout à coup.

Tout le monde se leva simultanément.

Un homme parut.

A sa vue, Amaury, Madeleine, la duchesse et Marie jetèrent un cri de surprise et de terreur.

L'homme qui venait d'entrer, c'était André!

— Ma femme! mon fils! dit-il en se précipitant vers Amaury et Madeleine.

Ceux-ci, immobiles, les yeux hagards, et sans voix, croyaient voir se dresser devant eux une apparition.

— Mais venez donc , murmura le vieillard qui leur tendit les bras.

— Mon père ! André! dirent en même temps Madeleine et Amaury.

Et ils se jetèrent à son cou en fondant en larmes.

Lorsque l'émotion causée par le retour inespéré de monsieur Morin se fut calmée , tous le pressèrent de questions. André leur avoua alors qu'il avait tenté de mettre fin à ses jours afin de contraindre son fils adoptif à épouser la jeune fille qu'il aimait et dont il était aimé. Il raconta comment retiré mourant des flots par un pauvre pêcheur, ses yeux s'étaient r'ouverts à la lumière après une longue et- terrible agonie ; et comment une fois hors de danger, invisible aux regards de ceux qui lui étaient chers , il ne les avait pas quittés d'une minute jusqu'à l'heure où sa présence ne pouvait plus être un obstacle au bonheur d'Amaury et de mademoiselle d'Hauterive.

Et pendant qu'il parlait, plus d'une larme coulait des yeux de ceux qui l'écoutaient.

— Ainsi, dit Madeleine, lorsqu'il eut achevé, ainsi cette lettre dans laquelle tu annonçais que tu avais perdu ta fortune au jeu...

— C'était un mensonge, interrompit Morin.

— Mais dans quel but? reprit le duc de Rieux.

— Dans quel but! dit André : demandez-le à votre fils, je suis bien certain qu'il l'a deviné.

— Oh! tu es le plus noble des hommes! murmura le jeune député en le pressant de nouveau, et avec délire, sur son cœur.

———

A cinq cents pas environ du château du duc de Rieux, sur le penchant d'une colline, s'élève une charmante habitation encadrée dans un site pittoresque. Le regard enchanté embrasse de là vingt lieues de pays et s'égare à droite et à gauche sur des vallons ombreux et des plaines fertiles. C'est là qu'Amaury et sa femme sont venus se fixer avec André et Madeleine. Le duc et la duchesse s'y rendent tous les jours auprès des nouveaux époux. Rien ne manque au bonheur de Fernande puisque Marie est heureuse. Le duc, quoiqu'Amaury l'appelle maintenant son père, étouffe parfois, à la dérobée, un soupir, car l'héritier de son sang ne sera pas l'héritier de son nom, car il comprend qu'il ne vient qu'en second dans le cœur de son fils, et qu'André y occupe la première place.

C'est par ce double châtiment que Dieu a voulu qu'il expiât le cruel abandon dont autrefois il s'est rendu coupable envers Madeleine et Amaury.

FIN DU SECOND ET DERNIER VOLUME.

NEUFCHATEAU, IMP. DE MOREBOT.

PUBLICATIONS PROCHAINES.

MÉMOIRES DE TALMA

ÉCRITS PAR LUI-MÊME,
Recueillis et mis en ordre sur les papiers de la famille.
Par Alexandre DUMAS.

LES QUATRE NAPOLITAINES

PAR FRÉDÉRIC SOULIÉ.
Tomes V et VI et derniers.

TROIS HOMMES FORTS

Par Alexandre DUMAS fils.

LE COMTE DE FOIX

Par FRÉDÉRIC SOULIÉ.

UN ROMAN NOUVEAU

Traduit de l'anglais par A. DE COY.

NOBLESSE OBLIGE

Par F. de BAZANCOURT.

LA VIE A VINGT ANS

PAR ALEXANDRE DUMAS FILS.

HISTOIRE DE LA RÉVOLUTION D'ITALIE

Précédée d'un aperçu sur les derniers événements.
PAR RICCIARDI.

LAGNY. — Imprimerie de VIALAT et Cie.

Contraste insuffisant

NF Z 43-120-14

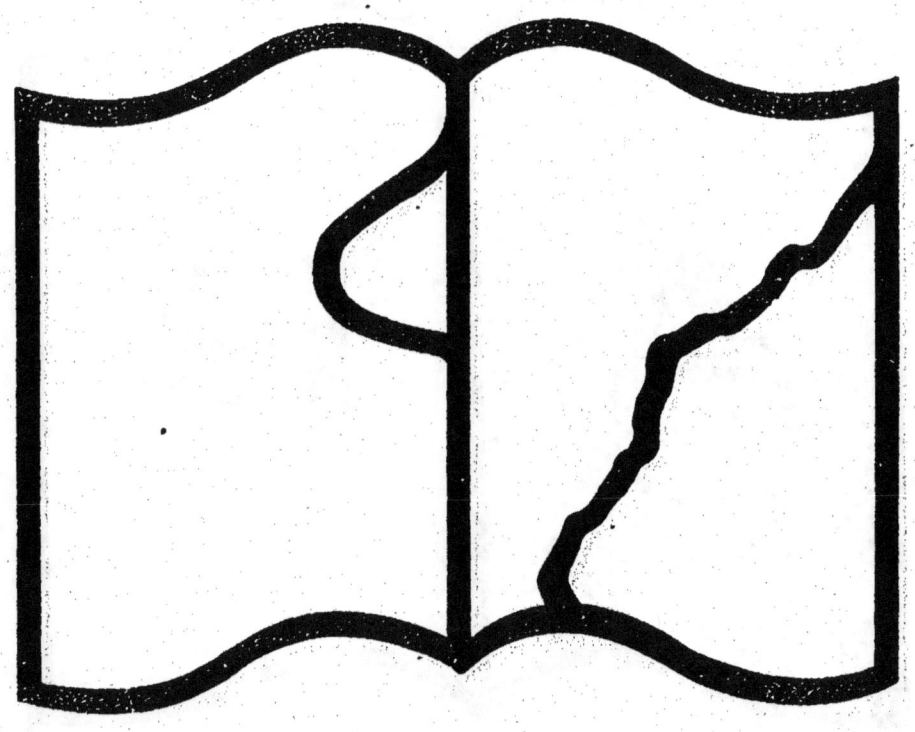

Texte détérioré — reliure défectueuse

NF Z 43-120-11